ディジーがリジーを想うとき
ブギーポップ・オールマイティ
上遠野浩平
Kouhei Kadono
イラスト●緒方剛志
Kouji Ogata
BOOGIEPOP
「さて、君に忘れ物を届けると

きっと君なら知ってるんだよね
この捻れた世界の秘密と理由を
孤独な君はたぶん特別なはずで
根拠なんか別に全然ないけどさ
だから真実を教えてちょうだい
今さら忘れたとか言わないでね

ポリモーグ

スプーキーE
てめえは何様のつもりなんだ？
なにもかも勘違いなんだがな？
自分だけ幸せになれるとでも？
世のすべてが呪われてるのに？
悪夢を忘れられたと思うのか？
人間のフリしてるだけの癖に？

ディジー・ミス・リジー

DIZZY MIS
死神は無責任にも糸を斬り
忘却の暴威が夢を薙ぎ払う
逆らうことは誰にも叶わず
万物遍く覆い尽くす矛盾が
歓喜と恐怖を同時に招いて
未来も過去も暗闇に落とす

「忘れてもいい、どうでもいいことよ——」

Design: Yoshihiko Kamabe

『想い出のない人間は、
省みるもののない動物以下の存在だが、
想い出だけの人間は、
昨日に囚われた明日のない亡霊でしかない』

——霧間誠一〈虚構を願い、悪夢を想う〉

……確かに言われたはずだ。

〝あなた、ディジー・ミス・リジーって名前なの？　すてきな響きだけど、それってどっちの意味なのかしら〟

何を訊《き》かれているのかわからず、わたしがぽかん、としていると、彼女はくすくすと笑って、

〝その名前、ふたつの意味にとれるよね。ミス・リジーって女の子がいて、その子にディズな気持ち、つまりめろめろになっている、っていうのが普通だろうけど、でも……ディジーってのが名前だったら、リジーをミッシングしてる……つまり、ディジーが遠くなってしまったリジーを懐かしく想っている、って意味にもなるじゃない？　そっちでも可愛《かわい》らしい印象にならない？〟

彼女はいつでも笑っている。その笑顔は誰もが夢中になってしまう魅力があり、まさしく皆をめろめろにしてしまう。彼女のためならなんでもしてあげたくなるし、そして、何でもできるに違いないという誇りと自信が胸の奥から湧き起こってくるのだ。

彼女にそう言われて……わたしはなんと答えたのだったか……ああ、あんなに楽しいことを言ってもらって、そしてそれがどれほど貴重なことだったか、その実感だけは確かにあるのに、自分が彼女にどう返事をしたのか、それがどうしても想い出せない。

わたしは……ああ、そう言われて気の利いたことを言い返して、彼女と一緒に笑ったりできたのだろうか。それともむっつりと怒ったふりをして、それはそれで彼女は笑ってくれたのだろうか。

どんなときでも、彼女は笑っていた。そのイメージだけは鮮烈に残っている。笑顔だけが闇の中でぼんやりと像を結んでいる。しかし……それ以外は、すべてがおぼろだった。

（ああ――彼女は、彼女は確かに――確かにいたはずなんだ――）

歌ってくれたことがあった。そのときの感激は胸の奥で灯火となってまだ輝いている。しかし――心が動いたという印象しかなく、それがどんな歌だったのか、どうしても想い出せない――

（おおお――なんとか、なんとかしなければ――彼女のことを、もう一度この手の中に取り戻さなければ――私の、私の薄れゆくこの情けない魂など、それに比べたらなんということはない――何が何でも、絶対に想い出してみせる――そのためならば、たとえ世界を滅ぼしてでも、わたしは――）

＊

電撃タイプの特殊戦用合成人間ディジー・ミス・リジー――この時点で、統和機構から脱走して、すでに一年以上が経過している。
彼女が因縁の宿敵ブギーポップと遭遇するのはまもなくであるが、しかしその前に、彼女は自分の同類と出逢《であ》うことになる。
これは曖昧な霧の中をもがいている者たちの話である。彼らは自分たちがどこに向かっているのかを知らない。
それを知りたいと思っている少女と、
それを考えることに意味があるのかと投げている少年と、
どうにもならないんだろうから、なるようになるとやさぐれている合成人間と、
そして、別にそんなこと気にしなければいいと割り切っている炎の魔女が、己の名前の意味

すら定められないほどに錯乱している亡霊を相手に、勝敗と結末を決めがたいルールなき戦いに引きずり込まれていった——その顚末《てんまつ》である。

これについてブギーポップは、後に、

「まあ、支離滅裂だよね。万能感に溺れているだけだ」

と切って捨ててしまうことになるが、それを振り返るだけの余裕のある者は、この物語には存在しない。

特に、ディジー・ミス・リジー本人は。

ブギーポップ・オールマイティ

ディジーがリジーを想うとき

Memento 1

放浪を想う

『あなたは想い出というものを誤解している。
それは決して優しいものではない。
記憶は武器であり、世界を破壊する凶器なのだから』

――失われた記憶の破片より

1.

「ん――……」

街を見回しながら、ポリモーグはかすかに唸《うな》った。

（ふつうだな……ふつうの街だ……なにも怪しいところはない……う――ん……）

彼女は唇を尖《とが》らせつつ、通りをやる気のなさそうな足取りで歩いていく。

（つーか……別に私はそんなに鋭い感覚を持ってる訳でもないんだけど……なんで情報分析型合成人間を派遣しないかね、上の方も……私はミスキャストだよ、絶対……）

夕暮れが始まりかけている現在、そろそろ帰宅する会社員や学生などが大通りを大勢行き交っているが、ポリモーグはそれらの人々の中で明らかに浮いている。しかし彼女の態度が堂々としているためか、誰もあえて視線を向けようとしない。関わり合いになりたくないと避けられているのだ。彼女自身はそんな中でも、平然と進んでいく。

（えーっ、どーすんのこれ……全然なんにもないんだけど？　手がかりゼロでした、って報告でいいの？　駄目なんだろーな……文句言われんだろうな……知らねーよ、ったく……向いてねーっつーの……ん？）

心の中で延々と愚痴っていた彼女の足が、路地裏に通じる場所の前で、ふと停《と》まる。

「…………」

彼女は無表情で、その暗がりに通じる隙間に目をやる。数秒、直立していた彼女は、それまでとは異なる機敏な動作で裏通りに足を踏み入れる。

ほぼ無音で、彼女は足を進める。

そしてシャッターが下りた空き店舗ばかりが並んでいる区画の隅の、さらに奥でなにやら物音がする。数名の人間たちが、ごそごそと何かをしていて、言い争っているような響きも伝わってくる。

「…………」

彼女はその様子が見える位置にまで接近する。

路地裏の陰で、一人の少年を数名の男たちが取り囲んでいて、詰め寄っていた。恐喝の現場らしい。少年は怯《おび》えているのか、放心状態のような虚《うつ》ろな目で宙を見ている。

ポリモーグと目が合う。背を向けている男たちは彼女の接近に気がつかないが、少年は彼女のことを気付いた。

「…………」

「…………」

ポリモーグは特に何の反応もせずに、その様子を無表情で眺めている……。

＊

乙坂了哉《おつさかりょうや》は昔から、やたらと人に怒られる子供だった。

「なんでそんな嫌味な眼《め》で人のことを見るんだ」

と本人には全く自覚のないことでいきなり怒鳴られる。では、と目を伏せていると今度は、

「きちんと人の眼を見て話せ」

と叱られるという逃げ場のない攻撃に、常に晒《さら》されてきた。あまりにも理不尽な言いがかりに、やがて彼はそういう意見をすべて遮断するすべを身につけた。

他人が何か、自分に向かって喋《しゃべ》っている。しかし彼の心の中で、それは言葉として意味をなさない。ただよくわからない騒音がぶんぶんと鳴っているだけだ。自分に悪意がありそうな人間の言うことを、彼はそのようにして無害化した。そうなると意味もわからずいきなり殴られたりすることが多くなったが、それでも逃げ場のない理不尽さに包囲されてしまう状態に比べたらマシだった。

学校の成績は常に極端である。教師の言っていることが理解できる教科と、何を言っているのか頭に入らない教科とで歴然と差がついた。理系とか文系とかの違いではなく、ただただ教師が自分に悪意がありそうか、そうでないか、という印象だけですべてが決まった。

了哉にとって人生は、いかに適当にやり過ごせるかどうか、という一点にかかっている長い罰ゲームの様相を呈していた。なんとか誤魔化しつつ、少しでも好感触のものに近づこうとするだけの、目的意識のないサバイバルだった。

そして、今も……気がついたら裏路地に連れ込まれていて、不良たちに囲まれていて、なにやら責め立てられている。

「…………がよぉ」

「…………じゃねーか」

「…………がぁ」

なにやら騒音が充満しているが、いつものように何を言われているのか、彼の頭は理解することをやめているので、きっと恐喝に類すること、金を出せとかそれに準じたことを言われているのだろう。しかし彼は自分から何か積極的に動いて、許しを請うたり、殴られる痛みを減らそうという意欲がまるで湧かなかった。

（あー……もう……なんなんだろうな……冗談じゃねーよな、ったく……）

了哉はぼんやりと、不良たちとは眼を合わせずに、通りの方に視線を向けていた。

すると、そこにひょっこりと一人の女が現れた。

奇妙な女だった。無表情で、まったく動じる様子もなく、この暴力沙汰を観察している。了哉と眼が合ったが、特に何の反応もせずに、ひたすらにじろじろと見つめてくる。

（…………？）

了哉はとまどった。そんな眼で見られるのは生まれて初めての気がした。そこには哀れみも同情も侮蔑も困惑も何もなく、ただ状況を計っているだけの、極めて冷静な眼差《まなざ》ししかなかった。

「…………」

了哉は絶句して、女のことを見つめ返していた。そして数秒が経《た》ち、女はかすかに納得したようにうなずいて、そしてきびすを返して立ち去ろうとした。

（あ——）

了哉はそのとき——どうしよう、と思った。なんとかしなきゃ、という気持ちになった。それはあるいは、彼が自らの意思で動こうとした最初だったかも知れない。しかし慣れていないせいで、彼はこういうときにどうしたらいいのか、まったくわからない——しかし、ここで、

〝————と言え……〟

彼の耳元で、何者かが囁《ささや》いたような気がした。それは周囲の〝騒音〟とは一線を画して、極めて明瞭に彼の脳裏に響いた。彼は何も考えずに、とっさにその指示に従っていた。

「し……知らないよ！　スプーキー・エレクトリックなんて！」

言われたとおりの言葉を、そのまま繰り返していた。大きな声で、突然に怒鳴った。

しん、と一瞬、周囲が静まりかえる。不良たちも唐突な叫びに、びっくりして眼を丸くしている。

「……な、なんだって？」

「おまえ、いきなり何を――」

「いったい――」

不良たちの言葉が、了哉にも理解できるようになって聞き取れた。しかしそのことに了哉が思いを巡らせる暇はなかった。

次の瞬間――いきなりその不良の一人が、壁まで吹っ飛んでいたからだ。

背後から蹴り飛ばされて、了哉を追い越して、ビル壁面に叩《たた》きつけられていた。

「――がっ……」

そいつはモノも言えずに、そのまま悶絶《もんぜつ》して崩れ落ちた。

「え……」

不良たちが後ろを振り向くと、そこには立ち去りかけていた女が……ポリモーグが戻ってきていた。

彼女の脚が、蹴ったままの状態でぴぃん……と宙に伸びている。

「おい――今、なんつった？　いや確かに言ったなあ――〝スプーキー・エレクトリック〟って言ったぞ。うん、確実にそう言ったな――どういうことだ？」

ポリモーグの声は淡々としていて、そこには凄《すご》みや重さがまるでない。

呆然《ぼうぜん》としている不良たちに対して、了哉はすかさず、

「こ、こいつらが俺に訊いてきたんです！　その男を知らないかって――いくら否定しても、全然わかってくれなくて――」

と口走っていた。反射的だった。何も考えずに、その言い訳が口をついて出ていた。

「ほう――それじゃあ、どうして知っているのか、あんたらに訊けばいいのかな？」

言うやいなや、ポリモーグは動いていた。

不良の一人の側に、目にもとまらぬ速さで接近すると、その首を片手で鷲掴《わしづか》みにしていた。

そして同時に、別の一人に足払いを掛けて、転倒させていた。

奇襲にまるでためらいがない――一対多であることなど、考慮の対象でさえないようだった。

不良たちの包囲が崩れたので、了哉は慌ててその隙間から通りの方に逃れた。

這《は》うようにして、逃げ出した。

後ろから不良たちの悲鳴が聞こえてきたが、彼は振り返ることなく、その場から離れた。

一分以上は走り続けて、彼は川沿いの公園に出てきた。そこは繁華街からは少し離れて、時間帯によってはほとんど人の気配がなくなる場所であった。

「――はあっ、はあっ、はあっ……」

息を切らせながら、了哉はベンチにへたり込むようにして座り込んだ。

胸の鼓動がやたらと早いのは、走ったせいばかりではないようだった。

(なんだ……なんだ？)

奇妙な感覚がある。なにか変な手応えのようなものを感じる。ずっと解けなかったパズルの、その解決の入り口を見つけたときのような高揚があった。

それは単に、不良から絡まれたところを適当なことを言ってうまく逃げられたといったようなレベルの歓喜ではなかった。もっと奥底から、ぞくぞくするような快感が駆け上ってくる……。

「…………」

彼はうつむいて、ベンチに座り込んでいる。しばらくそのまま動かなかった。

いや……待っているのだった。

そして十分ほどが経過したところで——彼の前に立つ人影があった。

「やあ——君」

穏やかに話しかけてくる、ポリモーグの表情はさっきとは少し違って、無表情ではなくなっていた。うっすら笑っていた。

「さっきはどうも——もしかして、すぐに助けなかったことを、怒ったりしてる？」

「いえ——別に」

「ああ、そりゃ良かった。でさあ――ちょっと話をしていいかな？」

そう話しかけながら、返事を待たずに彼女は了哉の隣に、かなり馴《な》れ馴《な》れしく座って、肩に手を回してきた。

「はあ――」

大人の女性にそんなに接近されたのは初めての体験だったが、了哉は不思議とそのこと自体はなんにも感じなかった。ポリモーグは彼の反応の鈍さにはお構いなしで、

「いや、今さ、君のことを脅していた連中からも色々と聞いてきたんだけどさ。あのさあ、君――言ったよね」

「――」

「そう〝スプーキー・エレクトリック〟って言ったんだよ、君は。あれってさ、どういう意味？」

「さあ――なんか、あいつらが俺に、それを知らないかって詰め寄ってきていたから、知らないって言ったんだ。それだけだよ」

「ほほう――でもね、奴《やつ》らはさっき、そんなことはない、いきなり君が訳のわからないことを言い出したって、そう答えたんだよね」

「そんなこと言われても、俺は」

「うーん――いや、連中は嘘《うそ》は言っていないんだよね、これは確実」

「なんで？」

「いや、拷問したから。それで嘘を言い張れるほど、彼らはタフじゃない」

ポリモーグは、いともあっさりとそう言った。了哉の肩に回した手の、その指先で何かをもてあそんでいる。白くてやや黄ばんでいる小さな塊だ。小石のようで、しかし——よく見るとそれは、人間の奥歯なのだった。

「——」

「うん、麻酔なしで歯を抜かれて、そんな状況でも嘘をつけるほどの余裕は彼らにはなかった。それは事実。じゃあどうなのか。君の方がデタラメ言っているのか——でも、だったらどうして君は、その名前を知っていたのか。スプーキーEの名を」

「…………」

「いや、色々と無理があるんだよね——私があそこに行ったのは偶然に近い。街をぶらついていて、暴力沙汰の物音を聞きつけて接近しただけのことで——罠《わな》にしては効率が悪すぎるし、君である理由もない」

「…………」

「ねえ、君……名前は？」

訊かれて、彼は素直に、

「乙坂了哉」

と即答していた。うん、とポリモーグはうなずいて、

「ああ、確かにそうらしい……合ってる」

と言ったので、了哉が顔を上げると、彼女はいつのまにか、彼のポケットから生徒手帳を抜《ぬ》き盗《と》って、その中身を読んでいた。

「ええと、県立深陽学園の一年生で……住所は……なるほど、この近所だね。地元の人間か、君は」

いつのまに手帳を奪われたのか、まったくわからなかった。恐るべき手業の速さと正確さだった。

「…………」

「うん、緊張してるね——すこし震えているよ。でもさあ——もうちょっとビビってもよくない？　なんか動揺が少なくないかな、君」

「……そう言われても……俺は嘘ついていないし。なんのことだか、意味わかんないし」

「うーん……そうなんだよね。君って別に、実はすごく鍛えているとか、そういうんでもないんだよね」

言いながら、ポリモーグは生徒手帳を彼の方に投げて返してきた。受け止めようとして、しかし対応できずに地面に落としてしまう。

「ほら……反射神経だって鈍い。不良に絡まれて、それですくみ上がって逃げ出すこともでき

ないようなタマでしかない……うーん」

彼女は唇を尖らせながら、首を左右にゆっくりと振っている。そして了哉の頭に手をやって、その髪を〝よしよし〟という風に撫《な》で始《はじ》めた。その優しくて柔らかい動作を、了哉は払いのけることもできずに、されるがままだ。無言の彼に、彼女はさらに、

「問題なのは、さ……スプーキーEってのは、記憶を操作できるヤツだったんだよね——だから、もしかしたらあの不良どもにも、何らかの操作がされていた可能性も捨てきれない——強力な敵対者と接触した瞬間、すべてを忘れてしまえって暗示が掛かっていた、ってのもあり得るんだよね……うーん」

一人でぶつぶつと、なにやら踏み込んだことを呟《つぶや》いている。

「ねえ、了哉くん——あ、名前で呼んでいいかな」

「う、うん」

「私はポリモーグ。変な名前だと思う？　まあ仕方ない。これはコードネームだから。一般の名前は、なんつったかな——以前に使ったときの名前は変えろって言われたからな——ま、いいか。とにかくポリモーグって呼んで」

「はあ」

「でさあ——了哉くん。私、この街には使命を受けて来たのよね。それがスプーキーEの自殺の理由を調べろ、ってことなんだけど。私が所属してる〝システム〟に命令されて、ね——」

2.

戦闘用合成人間ポリモーグは、極めて優秀な能力と安定した精神バランスの持ち主として統和機構内部でも高い評価をされている。しかし与えられる任務の大半が、他の者が失敗した任務の尻ぬぐいであるとか、拡大したトラブルの鎮圧といった〝汚れ仕事〟ばかりである。一部では「優秀すぎるポリモーグを上が警戒しているからだ」と噂《うわさ》されているくらいだが、本人はそんなことをまるで気にしていない。いや、むしろ逆で、彼女は、

「つーか、その方が気が楽ってとこあるし。失敗しても私のせいだけじゃないし。まあ、そもそも失敗するような作戦を始める時点でアレなんだけどね……とにかく、私に問題がある訳じゃないから、そのへんよろしくね」

と無責任というか、投げやりというか、淡々としたスタンスを崩さない。そして任務達成率は常に七割以上をキープし、高い信頼を得ているが、それ故に単独での行動がほとんどである。彼女ののらりくらりとしているようで、いざとなると極度に迅速に行動するその臨機応変さに他の者がついてこれないのだ。リーダーになれない性質が、彼女の孤立化を招いているのは否定できない。

だがそれは逆を言うと、誰にも遠慮せずに、ルールに縛られずに行動できるということだ。

彼女は特になにも決められていないのに、いつのまにか全権委任されているも同然の立場になっているのだった。

そして今も、彼女に託されている任務についても、彼女に制限はなにもない。統和機構が常に気を配っている〝隠密行動《おんみつこうどう》の徹底〟さえも、彼女に掛かればときに無視してもかまわないものと化している。

「でさあ、了哉くん――」

ポリモーグは、出逢ったばかりでまだ何の下調べもしていない少年に向かって、機密事項をべらべらと話し続けている。

「私のいる〝システム〟って、人類を守護してんのよ。意味わかる？」

「……いや、全然」

「でしょうねえ。私も実感ないし。なんかの言い訳だとは思ってる。でもそれを口実に、色んなことをあちこちでやってんのね。それで――ついこの前まで、この街でも人体実験をしていたの」

「………………」

「その管理をしていたのが、スプーキーEって男――気持ち悪いヤツで、私は正直嫌いだった。でもそいつが、なんでかわからないけど、急に自殺したんだよね――いや、マジで自殺。発見されたときも自殺以外には見えず、解剖しても自分で自分を殺した痕跡しかない。疑う余地がない――ってやつ。でもねえ……これが怪しいのなんのって」

　ポリモーグは了哉の頭を撫でながら、実に軽い口調で喋っている。彼も逆らうことなく、

「……なんで？」

　と訊《たず》ねると、彼女はふん、と鼻を鳴らして、

「皆が知ってたスプーキーEは、間違っても自殺なんかするような人間じゃなかった。自分の落ち度は決して認めず、失敗しても他人に責任を押しつけて、嘘を平気でついて、とにかく無神経で見苦しい男だった……それが自殺？　馬鹿げてる。あり得ない。なにか裏がある。少なくとも、ヤツが自殺しなきゃならないような、とんでもなく異常なことが起こったのは、これは確実……まあ、そういうことになってる。だから私が来た。いや、最初はもっと強いヤツが派遣されたんだけど、なんにも出てこなくて……当面の危険性は低そうだってんで、そいつは別の仕事に行っちまって、しょうがないってんで、私に押しつけられたんだよね、これが」

「……大変そうだね」

「そうなんだよね……わかるでしょ？　手がかりとか何にもないわけ。街に来たはいいけれど、やっぱり何にも見つからなくて……と思っていたら……これだよ。君に出くわした」

　彼女はやや指に力を入れて、了哉の髪をくしゃくしゃと掻《か》き回《まわ》した。

「でも、俺は……」

「ああ、ああ……わかってる。君はなんにも知らないんだね？　でも私には、それが正しいの

かどうか、わかんないんだよね……君が嘘をついているのかどうか、判断することができない……どうしようか？」

「どう、って——」

「いや、君が犯人だったらとっても楽なんだよね。君を今すぐ殺すなり無力化するなりして、その身柄を〝システム〟に引き渡せばいいんだからさ……でも、それが間違いだったら、困ったことになる。うん、そいつはよくない……じゃあ、どうするか」

ポリモーグは眼を細めて、了哉のことを見つめてくる。

「あの……」

「なあ了哉くん……君はこの辺の人間だよね。土地勘がある。で……どうだろう、君、しばらく私のアシスタントにならない？」

「え？」

「まあ、半分は君のことを疑っているんで、監視するために身近に置いときたいってのがある……それは事実。でも半分は、実際に手がかりと言ったら君しかいないんで、これを危険から守る必要もある、ってこと……そっちの方がどっちかというと、重い」

「はあ……」

「いや、君ってさ……なんかないかな？　私にやって欲しいこと。なんでもしてあげるよ。色っぽいこととか興味ない？」

「いや……それは、別に」

「あらそう。残念……まあ、少なくとも一度は、君のことを不良から助けてやったんだから、その借りはあるってことになるよね……うん」

ポリモーグは実に適当な調子で、了哉の退路を断ってきた。彼は一瞬、息を呑《の》んでから、意を決したらしく、

「……うん、わかったよ……やるよ」

と言った。

(うーん……マジで全然、脳波が乱れないな……反応が感知できない)

ポリモーグは、ただ了哉の頭を撫でている訳ではなかった。彼女は電気操作系の合成人間であり、その指先で人間の体内電位の微妙な変化を感じ取れるのだった。いわば〝嘘発見器〟の能力を持っているのである。それでずっと、了哉のことをチェックし続けていたのだった。その結果は、

(シロ……としか言い様がない。だが状況は、限りなくこの少年が嘘をついていることを示している。この矛盾、どう判断すべきか……)

という訳で、いったん彼女は棚上げにすることを決めたのだった。了哉を手の内に入れておいて、事態の変化が見られたら、あらためて決断をすればいい……と思ったのである。この慎

重さがポリモーグの優秀さの証《あかし》であったが、反面、見る者によっては甘くて即応性に欠けるとされてもやむを得ないだろう。だが常に失敗を想定して、勘違いなどから来る被害を最小限にとどめたいというのがポリモーグの基本姿勢なのだった。

(でも、ひとつだけ確かめておくか……)

彼女は了哉の顔に顔を寄せて、ほとんど頬をくっつけんばかりにして、あらためて訊いた。

「ようし、了哉くん……でもさ、ひとつだけいいかな。君の心構えの話なんだけど」

「うん、何?」

「いやさ……君って怖くないのかな、私のこと。ずいぶんと落ち着いているみたいだけど、それってなにか理由とかあるのかな」

じっ、と彼の眼を間近で見つめながら、そう問いかけた。すると了哉は、

「ああ……いや、怖くないわけじゃないけど……でも、あんたの話が、なんだか頭に入ってくるから」

と奇妙な言い方をした。

「ん？ なんのこと？」

「いや、俺ってさ……他人の言ってることの、半分くらいが全然理解できないんだよ。なんか言ってるな、みたいな騒音にしか感じられなくて、その意味が摑《つか》めない……さっきの不良だってそうだよ。スプーキー、とか断片的な単語しか聞き取れなくて、仕方なくああいう反応しか

できなかったんだ。不良だけじゃないよ。学校でも、家でも、俺に話しかけてくる相手が何言っているのか時々わからない……でも、あんたの今の話は、どうしてか全部、はっきりと聞き取れたんだ。俺にとって、それはかなり珍しいことで、だから……なんていうか」

了哉は、ポリモーグの鋭い視線をまっすぐに受けとめながら言う。

「敵じゃない、って感じるんだ。あんたがどんなヤツで、何が目的でも、俺には関係ないけど、でもそれが俺の害になる感じがしない……完全に怖くないかどうか、わからないけど……少なくとも、世間の他の連中よりは……そう、距離を感じない」

「………」

ポリモーグは、しばし無言だった。それからにっこりと微笑《ほほえ》んで、

「オーケー――わかったよ、君の気持ちが。だったら私たちは、今から友達だ」

そう言って、頭から手を離して、彼の手を握ってきた。握手した。

「よろしくね、了哉くん」

「どうも――えと、ポリモーグさん……」

「なんだったら、ポンちゃんって呼んでもいいよ?」

「いや、それはちょっと」

了哉が拒否すると、彼女はけらけらと笑って、ベンチから立ち上がった。

「そうだ……まあ、これはついでなんだけど」

彼女は背を向けたまま、さりげない口調で付け足す。

「ディジー・ミス・リジー……ってのは、聞いたことないかな」

この問いに、了哉もためらいなく、

「いや、ないけど」

と即答した。

「そう……」

ポリモーグも、それ以上は言わずに問いを打ち切った。

*

(それか……〝ディジー・ミス・リジー〟というのか……あの、俺に聞こえてきた〝声〟は)

了哉は心の中だけで深くうなずいていた。その名前にはまったく聞き覚えがないが、今のポリモーグの、あえて適当に聞いたその態度から、その名前こそ最重要の存在であると察した。

(ディジー・ミス・リジー……それがなんなのかわからないが、そいつは俺を使って、このポリモーグを導こうとしているのか……しかし俺は、そいつのことをこの女には言わない)

その決意は、いつのまにか彼の中で確固としたものになっていた。どうしてそう思うのか、そのことに疑念さえ抱かなかった。

彼はこれまでの人生、ずっと誰かの決めた状況の中で息苦しい思いをしてきた。その彼が今……圧倒的なパワーを持って、世界を裏から支配しているらしい組織の一員であるポリモーグでさえ恐れていて、このように警戒しているものに、今……自分が〝つながっている〟という事実は、彼の精神に不思議な落ち着きをもたらしていた。それは脳波さえも乱れなくさせる、肉体的ですらある〝拠《よ》り所《どころ》〟だった。

＊

「スプーキーEがふだん潜んでいたのは、こういう場所だったらしい……アジトをいくつか用意していて、そこを転々としていたって話……まあ、今となっては曖昧だけど」

ポリモーグはまず、了哉を地下街の、シャッターが閉まった空き店舗の奥へと連れて行った。そこは閑散とした空間で、マットレスが無造作に置かれていて、くしゃくしゃの毛布が載っている。寝床だったらしい。まったく洗っていなかったらしく、複雑に配合された化学薬品のようないわく言いがたい異臭がただよっていた。

「どう、なんかわかる？」

言いながら、ポリモーグはまた彼の頭をぽんぽん、と触れる。

「…………」

了哉は何も感じることなく、ぼーっ、とその場に突っ立っていた。するとポリモーグが、

「ねえ、了哉くん――君は死にたいとか思ったことがあるかな？」

と訊いてきた。無言でいると、彼女はさらに、

「私は見当もつかないんだけど、死にたいって思って自殺するときって、いったいどういう気分なんだろうね？　なんでわざわざ死のうなんて思うんだろう。スプーキーEの死には不自然な点が多いんだけど、でもほんとうに自殺だったら、その理由は何だと思う？」

「………………」

了哉は彼女に視線を向けて、それからため息交じりに、

「じゃあ、生きていたらどんないいことがあるんだろうか」

と訊き返した。彼女は眼を丸くして、

「ああ……なるほど。生きていても、今後に何も期待できずに辛《つら》いことばかりが続くと思ったら、そこで死ぬ判断というのも出てくるって感じ？　そういうこと？」

「さあね――」

了哉は投げやりである。ポリモーグが自分を疑っていて、ぼろを出さないか探っているのはわかりきっているので、それに付き合うのが面倒くさいのだった。

「君はどうなの。今後の人生に何を期待しているのかな」

「どうでもいいよ――別に夢とかないし」

「じゃあ君も、死にたいって思ってるの？」

「だから、どうでもいい――」

絡まれているのは歴然としていたが、それでも了哉はなぜかあまり腹が立たない。その代わりにふと思いついて、言ってみる。

「ていうかさ――スプーキーEが自殺していたとしたら、あんたの仕事はなくなっちまうってこと？」

「まあ、そうかも――少なくとも今の任務は終わり」

「じゃあ、それでもいいんじゃないの」

適当に言ってみると、意外にもポリモーグは真面目に、うーん、と唸って考え込みだした。

「そうなんだよね……それもあるんだよね……いや実際、証拠もロクにないんだし、これで終わりにしちまうってのも、充分にアリなんだよね……うーむ」

真剣に悩んでいる。了哉は少し呆《あき》れて、

「仕事したくない、って言ってるみたいに聞こえるけど」

「いや、その通り。私はできるだけ仕事とかしたくないんだよね……だって鬱陶しいじゃない。人類の未来が掛かっているとか、なんとか……正直、かなりうざい。放り出せるものなら、いつでもやめたいんだよね、本音は」

頭を掻きながら、愚痴っぽく嘆いている。了哉は思わず、ぷっ、と吹き出した。

「おかしいかな?」

「ああ。おかしいよ。あんたこそ、未来に夢とかなんにもなさそうじゃないか。死にたいのかい?」

「まあ、そう言われるとなんか反論できないけど……じゃあ何、スプーキーEも、今の私の鬱々とした気分が、こういうものが延々と昂《こう》じて、それで死んだっていうのかな」

「いや、知らねーし」

「ああ……それでなんとかなればねえ。でも上が微妙に納得していないみたいな空気あんだよね、これ。なんかもっともらしい理由とかないかなあ」

ポリモーグは実にあっけらかんとした調子で、とことん無責任なことを言う。

「証拠が見つからないって言えば?」

「もう言ってんだけどね、そいつは。でも〝さらに精査せよ〟としか言われなくて」

「じゃあ、俺は何をすればいいの? あんたも何すりゃいいかわかっていないんだろ?」

「そうだねえ……まあ、とりあえず」

彼女はぽん、と彼の肩に手を乗せた。

「君がこの〝現場〟に来ても特に反応がなかったことで、一応の目処《めど》は立った……君はここを本当に知らなかったし、特徴あるスプーキーEの体臭を嗅いでも記憶が揺さぶられることもなかったから、少なくともヤツと過去につるんでいなかったことは、まあ確認できたし……」

すでに彼女は、了哉の脳波を観測していた。それから彼女はにやりと笑って、

「ねえ、了哉くん……君ってさ、恋人とかいるの？」

「え？」

「だからさ、付き合っている人っていうか、カノジョっていうか、とにかくそういった類いのお相手さんよ。そういうのはいないのかな」

「べ……別にそんなの必要ないし」

「ああ、ああ――いや、ただいるかいないかを訊いてるだけで、その良否を問題にしていないから。ただ、いるって言うなら、少し面倒だから、その人にはしばらく接触を控えてもらわなきゃならなかったから。でも、いないって言うなら、何の問題もない」

　ポリモーグは、うんうん、とひとりでうなずいている。

「い、いったいなんのことだよ？」

「だからさ――次の仕事よ。私には打つ手がほとんどなくて、かなりどうでもいいようなことをしなきゃならない――そこで君の出番なんだよね、了哉くん」

「へ……」

「さっきの不良たちが怪しいっていうのは、スプーキーEって、色んな人間を利用して、自分の手駒として使っていたんだよね……そいつらがまだ、この街に残っているはず……で、その中の一人で、ほぼ唯一わかっているのが……織機綺《おりはたあや》って子。女の子。見た目は君と同じくらい。

まあ実際はわかんないけど」

「女の子……」

「ていうかさあ、君と同じ学校で、同学年。ま、任務かなんかで入学だけしたけど、でもすぐにスプーキーEが死んだりしたもんだから、そのままずっと登校していないみたい」

「………」

「でさあ……君、そういう縁もある訳なんで、その織機綺とちょっと、仲良くなってくんないかな？　色々と彼女から話を聞き出してもらえると助かるんだけど」

「い……いや、そう言われても……」

「いいじゃん、軽い気持ちでいけば。もしかすると彼女とほんとに親密になれるかもよ？　そしたら君にも、その……生きがい？　みたいなものが芽生えたりして」

「うう……」

了哉は困惑していたが、なんというか妙に逆らえない流れになっていた。

「大丈夫よ、いざとなったら私が手伝ってやるから。いや、これってむしろ彼女のためでもあるんだから。もし織機綺が協力的じゃなかったら、私は……まあ、今度は奥歯を引っこ抜くぐらいではすまないでしょうしね」

「………」

3.

翌日、了哉は学校が終わるとすぐにポリモーグに連れ出された。織機綺はこのところ街をあてもなくフラフラしているというので、それを見つける必要があるのだという。

「やばそうな女だな……大丈夫なのかよ、そいつ」

「だから、君にその辺も確かめてもらいたい……ほら、私が接触しようとしたら、またこの前の不良みたいに記憶がなくなっちゃうかも知れないでしょ」

「だからって……」

了哉の嘘のせいで話がややこしくなっているので、反論もしにくい。見つからないんじゃないか、と了哉は思っていたが、ポリモーグは街を歩き始めて、十分としないうちに、

「ほら……あいつだ」

と了哉の腕を摑んで、目配せしてきた。

その彼女は、バスの停留所の前で立っていた。どこか焦点の合わない眼で、ぼーっ、とあらぬ方角を向いている。

特に個性のない、おとなしそうな娘だった。彼女がなにか裏の事情と通じていると言われても、ほとんどの人間には信じられないだろう。服装も地味である。

「やっぱり……最近は、いつもあの辺にいるんだよね、あの娘」

「バスを待っているんだから、どこかに行くんじゃないのか」

「いや……それがさあ。まあ、しばらく見てなよ」

二人は物陰に隠れて、バス停の方を監視していた。織機綺の後ろにも他の客が並んでいく。

そして数分後、織機綺はふと思い立ったようにその場から離れた。

「あっ……」

「いや、このまま待って」

ポリモーグに言われるまま、その場にとどまっていると、バスが来て、他の客たちを乗せて行ってしまった。しかしその十秒後くらいに……バス停にまた、織機綺が現れて、その場に立った。

再び、ぼーっ、とし始める……。

「な、なんだ……？」

了哉は戸惑った。意味がわからない。ポリモーグもうなずいて、

「ね？　怪しいでしょ。あの娘、ここ数日ずっとああやってんのよ。しばらくしたら次のバス停に移動して、そこでもやっぱりずっと待って、そして移動する」

「バスに乗るの？」

「いや、歩いて。金は掛からない。しかし理由がわからない。スプーキーEの影響下にあるの

かどうかも、定かではない……」

「うー……」

了哉は奥歯を噛《か》みしめていた。彼の胸の奥で、ざわざわと落ち着かない気持ちが湧いてきていた。それは織機綺があまりにも理解不能だから……ではなかった。逆だった。

（なるほど……うまいこと考えたな……街の中でぼーっと立っているだけだと、周りから変だと思われる……しかしバス停に立っているのなら自然な行動に見える……そしてバスが来る前に用事を思い出したみたいにその場を離れれば、バスに乗らなくても他の客から訝《いぶか》しがられることもない……）

そうか……こうすれば街の中で時間をつぶせるじゃないか、と了哉は感心してしまっていたのだった。彼自身が、休日に暇をもてあまして、しかし家の中でじっとしているのも嫌なとき、どこにも行くところはないが、街に出てしまった際に、どうしよう、と思ったことが何度もあったからだった。

織機綺――彼女のことを、彼は少し尊敬し始めていた。

「さて――出番だよ、了哉くん」

ポリモーグに、ぽん、と背中を叩かれて、了哉は物陰から外に出された。

目の前の、道路を挟んだ向こう側に、織機綺が立っている――ちら、と彼女が顔を上げて、眼が合ってしまった。

（ええい――どうにでもなれ！）

＊

織機綺は、スプーキーEの呪縛から解放されてから、抜け殻のように虚脱して生活していた。彼女はすぐに、彼女を救ってくれた谷口正樹《たにぐちまさき》と、その義理の姉にあたる霧間凪《なぎ》に助けられて、今では凪の所有するマンションに同居している。

居心地は悪くない――いや、それどころかむしろ、とても優しくしてもらっている。統和機構からは消耗品としか扱われていなかった綺は、生まれて初めて人間として生きるという意味を知った気分だった。だが――その温かさに触れれば触れるほどに、綺の中では不安が大きくなっていくのも事実だった。

（私に――大事にしてもらえるような価値あるのかな……）

その考えが頭から抜けず、何をしたらいいのかわからない彼女は最近、街をふらふらとさまよっている。警官にとがめられたりすると面倒なので、繁華街などにはあまり近寄らないのだが、そうなると行く場所が限られてしまう。他のまじめな学生たちが大勢いるような場所で、しかし彼女はそこに居場所がない。

だからバス停に意味なく立ち続けたり、不審がられずにすむルートを何度も何度も巡回したりしている。歩き回っているうちに、なにかいい考えでも浮かばないかと心のどこかで期待しつつ、でもそんなものはないだろうと、あきらめてしまっている気分も歴然とある。

（どうしようか……どうにかなるんだろうか……）

その日も、彼女は街に出てきていた。お金はあえて、ほとんど持っていない。ある程度の額は凪に渡されてはいるのだが、使う気にはならない。お使いでも命じられない限り、コンビニでチョコ一つ、ジュース一本さえ買ったことはない。でもそれが凪に知られると、それはそれで怒られそうなので、適当にやっているということにはしている。その演技にも、最近疲れ始めてきていた。

（どうにもならないいんじゃないかな……だったら、どうすればいいんだろうか……）

彼女がそんなことを思いながら、乗るつもりもなくバス停に立っていたら、そこに一人の男の子が声をかけてきた。

「あれ——君、あれだよね？　深陽学園の生徒だよね？」

なんとなく彼女が視線を上げたら目が合ってしまっただけなのに、彼はそう呼びかけてきた。

（うわ、まずい——）

綺は困惑した。以前だったら物も言わずにすぐさま逃げ出していたところだが——どうやら相手は、彼女がほんの短い間だけスプーキーEに命じられて通っていた学校にいたところを見たことがあるらしい。そうなると下手に逃げると、怪しまれてしまう……。彼女は誰に何を思われても平気だが、それで凪たちに迷惑が掛かってしまったら……そう思うと、綺は動けなかった。

少年は顔を強張《こわば》らせている綺のところにやってきた。綺はずっと顔を伏せているが、そこにさらに声をかけてくる。

「俺は乙坂了哉っていうんだ。君は織機綺って名前だろ？」

いきなりフルネームで言われて、さすがに綺は驚いた。顔を上げて相手を見る。すると彼は意味ありげにうなずいて、

「しっ――俺の後ろをそれとなく見てみな。変な女がいるだろう？　こっそりこっちを見ているはずだ――」

と小声で囁いてきた。綺は動揺しつつも、言われたように頭をあまり動かさずに彼の後方を見る。すると物陰に半分身を隠しながらこっちを見ている女が確かにいる。

「あいつはポリモーグ――なんでも〝システム〟に所属していて、君のことを調べているらしい――俺はその使いだ」

了哉はあっさりと、すべてを白状するところから話を始めてきた。

＊

「あ、あなたは——」

了哉が思ったとおり、織機綺はすぐに彼に対しての警戒を解いてきた。何を言っても無反応、というのが一番困ると思ったので、いきなり踏み込むしかないと考えたのは正解だったようだ。

「おっと——ポリモーグにバレるから、君はなんか素っ気ない素振りをしていてくれ。説明するから。いいか？」

「う、うん——」

「俺はふつうの人間なんだが、昨日不良に絡まれてるところで、ポリモーグに助けられて、それで脅されて——」

了哉は一通りのことを綺に教えたが、もちろん彼にだけ聞こえてきたあの〝声〟——ディジー・ミス・リジーのことは言わなかった。スプーキーE、という名前が出るたびに綺の顔がぴくぴくと引きつるのが、彼女がその男にされたひどい経験を物語っていた。

「……つまり、俺は巻き込まれたんだ。でもポリモーグは、場合によっちゃ君を拷問してでも情報を得たいとか言ってて、なんかあんまりなんで、君に教えといた方がいいかと思って」

「……ごめんなさい」

綺はすまなさそうにあやまってきた。

（お？　これは予想外……もっと文句を言ってくるかと思ったのに、この織機綺……割と付け入りやすいタイプかも知れないな？）

了哉はこれまでの人生で、ろくに女の子と話をしたこともなかったのに、綺が相手だと口が勝手に動くような感覚になっていることに、自分でも酔っていた。それで思い切って、

「なあ、織機さん……そろそろバス停にも他の人が来るだろうから、落ち着けるところに行かないか？」

と言ってみた。綺はちらちら、と彼の背後を見ている。ポリモーグが気になるらしい。それから、ぼそりと、

「あの……ごめんなさい」

とまたあやまってきた。ん？　と了哉が眉をひそめると、彼女は手を振りかぶって、そしていきなり——平手打ちしてきた。

「——いっ?!」

了哉がびっくりしたところで、綺はいきなり大声で、

「ふざけないで！　誰があんたなんかと！」

と怒鳴って、そして彼の横を通り過ぎて、どこかへ行ってしまった。

「な、な……？」

了哉がぽかん、としていると、ポリモーグが笑いながらこっちに近寄ってきた。

「あはは、振られちゃったわねえ——残念。強引に行き過ぎたんじゃない？」

「う……」

「まあ、すぐにほいほい乗ってくるとも思わなかったから、こんなもんでしょ——」

「……………」

了哉は頬を押さえながら……少なからず驚いていた。

ぶたれた頬は……正直、まったく痛くなかった。音だけは派手に鳴ったが、しかし了哉は見ていた。綺は了哉の頬を打ちながら、自分の太腿《ふともも》も叩いていたのだ。音はそちらから聞こえていたのである。ぶつフリをしただけだったのだ。

（つまり……織機綺は、俺をかばったのか……ポリモーグに脅されて、利用されている俺が役立たずなら、解放されると考えて……でも、そうなったら彼女が拷問されかねないってちゃんと言ったんだが……それでも）

彼女は自分よりも、いきなり現れて馴れ馴れしくしてきた男の子の安全の方を優先したのだ。

（どういう娘なんだ……織機綺って……）

彼が茫然《ぼうぜん》としていると、ポリモーグは肩に手を回してきて、

「でも、それでも何分かは、話していたよね……彼女、何を言っていた？」

「いや……俺ばっかり喋ってたから」

「なにか怒らせるようなことを言ったりしたのかな。わざと悪口みたいなことを言って気を引こうとした?」

「いや……そういうことは言ってない、と思うけど……」

「じゃあ、まだ喋れるよね――」

そう言うなり、ポリモーグは彼の腕を乱暴に摑んで、引っ張っていく。

「――え?」

「当たり前でしょ――このまま行くよ。押しの一手でしょ、ここは。無感動で無反応とかいう話だった織機綺が、とりあえずは君に怒ったりしてんだから――このチャンスを逃す手はない」

にやにや笑っている。どうも最初から了哉はアテにされていなかったらしい。

(な、なんだこいつ――どれだけ行き当たりばったりなんだよ――)

了哉はあれこれ計算しているつもりで、しかしそんな小細工はすべて、この大雑把な相手にはなんの意味もないのではないかと思い始めていた。

4.

(でも――どうする?)

逃げ出した綺は、焦燥にとらわれていた。統和機構がスプーキーEの後任を送り込んでくるのは予想できたはずだったが、綺はうかつにもそのことを考えてこなかった。

（どうする――凪に相談する？ でもこれ以上、彼女を危険な目に遭わせるのは――）

では逃げるか。誰にも見つからないように姿を隠すか――そう思って、綺は少しどきりとした。

（私――死にたくないのかな……？）

そのことに気づいて、彼女は少し茫然とした。自分にそんな気持ちがあることに、彼女は驚いていた。少し前までは、自分などどうなってもいい、いつ死んでもいいとしか思っていなかったのに……今は、生命が惜しい。

（私は……とっくに……）

彼女は自分がすでに、引き返せないくらいに周囲の人々に影響されていることを知った。もう彼女は闇に囲まれていない。それは逆に言うと、失うと恐ろしいものをたくさん抱え込んでしまっている……弱みが増えてしまっている、ということでもあるのだった。

「うう……」

脂汗が全身から滲《にじ》み出《で》てきていた。走っていた脚が、だんだん力を失って、立ち停まってしまう。

発作的に、かなりの距離を走ってきてしまった。いつもなら避けてきていた、繁華街の奥の方にまで来てしまっていた。

この通りには見覚えがある……彼女がまだスプーキーEの下僕だった頃に、怪しげなことをさせられていたときの活動地域だったのが、まさにこの辺りだったからだ。

忌まわしい記憶の、消し去りたい思い出の場所だった。

「う……」

綺はきびすを返して、この人気のない裏通りから逃げ出そうとした。

そのとき——彼女の脳裏に、その声が響いてきた。


〝おまえはどこにも行けない——〟


それはどこかで聞いたことがあるような、初めて接するような、とらえどころがなく、印象がぼんやりとした声だった。

はっとなって周囲を見回すが、誰もいない。ただ〝声〟だけが——それも彼女の頭の中だけで発生したかのようだった。そして——

「う……」

綺は突然、激しい動揺に襲われた。この場所に来たことで思い出した過去——それがふいに、恐るべき生々しさで蘇《よみがえ》ってきたのだった。

やっていた当時はなんとも思っていなかった悪事の数々が、今の綺には凄《すさ》まじいまでの嫌悪と立ち上がれないほどの罪悪感を呼び起こしていた。

「ううう……！」

彼女は壁に手をついて、ずるずると崩れ落ちた。

（い、いや……嫌だ……私、私って……）

彼女は壁に頭を打ちつけてしまいたいという衝動に駆られていた。異常だった。いくらなんでもこんな——そう、あの〝声〟が聞こえたとたんに、こんな——。

（こ、これって——も、もしかして……あの……〝ディジー・ミス・リジー〟っていう……？）

その名前……彼女が一度だけ聞いた名前。スプーキーEがふと漏らしたのを耳に挟んだことがある、その名前……。

（だ、だとすると——この街は、今……）

彼女がよろよろと立ち上がろうとしたところで、背後から、今度は明瞭な声で、

「ああ——いたいた。やっぱりそんなに長くは走れなかったね」

と呼びかけられた。振り向くと、そこにはさっきの女、ポリモーグが乙坂了哉の腕を摑みながら立っていた。

了哉は顔面蒼白《がんめんそうはく》になって、ぜいぜい喘《あえ》いでいるが、ポリモーグの方は平然としている。どう

やら彼を強引に自分のペースで引っ張ってきたらしい。

「う――」

綺は――我に返っていた。冷静だった。今の今までの、過去の記憶に引きずられるような気持ちが消し飛んでいるのを自覚していた。

それが不自然極まりなかった。これではまるで、今の〝声〟は、ここで綺がポリモーグに捕まるように立ち停まらせたみたいだったからだ。

「私はポリモーグ。君に頼みたいことがある。色々と近づくやり方を考えてたんだけど、なんか面倒になってきたから、もう、直《じか》に訊くことにしたよ」

「……合成人間ね、あなた」

「その通り。そして、君のマスターだったスプーキーEと似たような能力の持ち主だね。まあ、私の方が直接的で、戦闘的なんで、ずっとずっと強いんだけど」

「…………」

「なあ、織機綺さん……綺ちゃんって呼んでいい？」

「…………」

「答えがないなら、肯定と取るけど。でさあ、綺ちゃん……私、困ってんだよね。スプーキーEってさあ、あれ、自殺なの？　それとも違うの？　その辺をあなたに教えてもらいたいんだけど」

「……わかるわけないでしょ、私に」

「一応、あなたって彼の部下だったんじゃないの？」

「部下？」

　思わず綺は笑ってしまった。

「なにかおかしいの？」

「ポリモーグさん……あなたもあの人とは会ったことがあるんでしょう？　だったら、彼に〝上司と部下〟とか〝仲間〟とかいった関係が持てるはずないって知ってるはずです。私は彼の任務上の、ただの〝部品〟で、それ以上のものは何もありませんでした」

「ほほう……よく喋るね。なんだか、こういう質問をいつか誰かにされるんじゃないかって、前もって準備していたみたいな感じじゃね？」

「私が彼を殺したとでも思ってるんですか」

「いやあ、まあ……それは無理でしょ。あなたにそんな能力ないし。でもさあ……ほら、あるでしょ、色々と」

「何がですか？」

「あなたが、彼の求愛をもてあそんで、その気にさせてから拒絶して、ひどく傷つけて、それで死に追いやった……みたいな可能性とか、あるかも」

　綺は、ここで発作的に動いてしまっていた。今度は本気で、ポリモーグの頬を平手打ちしてしまった。

ぱあん、という遠慮のない音が裏通りに響いた。

「ふ——ふざけないで！」

綺は彼女らしくもなく、感情的になって叫んでいた。

「わ、私があいつに——なんだって?!　じょ、冗談じゃ……！」

彼女がさらに声を上げてしまいそうになったところで、急に……その身体《からだ》ががくん、と崩れた。

全身から力が抜けてしまって、立てなくなっていた。痺《しび》れていた。

（こ、これは……）

「そう、電撃」

ポリモーグが平然とした顔で言う。こちらはいきなりぶたれても全く動じていない。

「私の身体に不用意に触れると、そういう反撃が返ってくる……いや、いつもはセーブしてんだけど、いきなりだったんで、抑えきれなかった……綺ちゃんが悪いんだよ？」

「う……」

「こっちはあなたに危害を加えようとか、そんなつもりはないんだって……ただ、取引しようって言ってるんだよ？」

言いながら、ポリモーグは綺を引き上げた。片手で軽々と、その脱力しきった身体を立たせて、そのまま支える。

「うう……」

「どうする？　あくまでも我を張って、敵対する？　それとも私に力を貸して、事態の解明を手伝ってくれる？」

「………って」

綺は、痺れてうまく動かない口を動かして、言葉を絞りだそうとした。

「え？　なんだって？」

ポリモーグが耳を寄せてくる。綺はその耳に噛みついてやりたい衝動をこらえながら、なんとか言う。

「あやまって……ください……」

「は？」

「私は……彼が大っ嫌いでした……死んだからって……一緒にしないでください……！」

綺はぶるぶる震えながらも、それを言わずにはいられなかった。するとポリモーグはにやりと笑って、

「おおう……これは悪かった。深く考えもせずに、不用意な発言をしてしまったみたい。いやごめんなさい。今後は気をつけるから、許して？」

あっさりと詫《わ》びを口にした。

「……わかり……ました」

綺がそう言うと、ポリモーグはぱっ、と彼女の身体を離した。また倒れそうになった瞬間、ポリモーグは綺に抱きついてきた。

「ああ……綺ちゃん！　私、あなたみたいな娘《こ》、嫌いじゃないわ！　うん、いいよ——いい。自分の意思を持ってる。そういうの好感持てるわあ——」

心底うれしそうに、彼女は綺の身体を撫でたり叩いたりしてくる。すごい力で、痺れていなくてもとても振りほどけそうになかった。

（な、なんなの——こいつ——）

綺は混乱しつつ、彼女たちのことを見ている了哉の視線に気づいた。唖然《あぜん》としている。その無防備な眼に晒されていると、綺はなんだかとても恥ずかしい気分になっていた。するとポリモーグはその了哉のことも抱きかかえて、

「ようしやろうぜ！　私たちはチームだ！　三人で力を合わせて、この謎を解き明かしましょう！　ううっ、なんだか燃えてきたよ？　ずっとやる気出なかったけど、盛り上がってきたよ？　ねえ、二人とも？」

と訳のわからない興奮をしている。絶句するしかない二人に、ポリモーグは、

「そうそう——やっぱり私のこと、ポンちゃんって呼んでいいんだよ？」

「いや……別にいいです」

Memento
2
欠落を想う

『あなたはいつだって真実を邪険にして、
詐術で押し通そうとするけど、嘘は想い出を喰らうもので、
後には何も残してはくれない』

――失われた記憶の破片より

ディジー・ミス・リジー……その存在をポリモーグが知ったのは、彼女が合成人間として実用に耐えると判定された、その直後のことだった。

「おまえには、二人の兄弟がいる。スプーキー・エレクトリックとディジー・ミス・リジーだ」

「きょうだい……？」

彼女を判定したバーゲン・ワーゲンがそう告げてきたのだ。

「まあ、姉妹かも知れない。どちらも性別が曖昧な連中だ。しかしどちらかというとスプーキーEは男寄りで、ディジーの方は女のようではある」

「私はどっちですかね。女だと思ってますけど」

「なら女だろう。どうせ我々には性別はあまり意味がないんだ。問題なのは能力の性質だ。おまえたち三人は、同じような電撃系の能力を有している。今、おまえのパワーを試してもらってわかったが、おまえは三人の中ではもっとも中途半端だ」

「あらら、駄目ってことですか」

「いいや、そのぶん安定した出力を持っているようだ。戦闘用にも、特殊行動用にも、どちらにもほどほどに使える。おそらく一番役に立つのはおまえだ」

「残る二人は？」

「スプーキーEは戦闘には不向きだ。能力が繊細すぎる。コントロールが難しい。だが特殊任務にはもっとも適切だろう。そしてディジーは……大雑把すぎるが、その代わりに有効範囲とパワーは最強だ。正面からぶつかったら、おまえらは二人がかりでも勝てないだろう」

「電撃制御では、ってことでしょ？」

「その通り。肉体的にはおまえが一番強い。あとの二人はどちらも虚弱体質と言ってもいい。だから戦うことになったら、おまえはとにかく肉弾戦に持って行くのが無難だろう」

「戦うことってあるんですか？」

「おまえたちの誰かが裏切ったら、始末に行くのは同タイプの誰か、ということになるからな」

「じゃあ、二人にも私の弱点とか教えてる、ってことですかね」

「いや……それはない」

「どうして？　私って、ヒイキされてんですかぁ？」

ポリモーグがにやにやしながら言うと、バーゲン・ワーゲンは顔をしかめて、

「残念ながら、残る二人は特殊な攻撃をすることが確実で……それは我々には計算できないものになるだろうからだ。彼らに有効なアドバイスをしたくても、俺にはできないんだよ」

「あー……そういうことっすか。つまり、私は……」

「そうだ。連中と戦うことになったら、とにかく能力戦を避けることだ。奴らは特殊な方法で、おまえを迎撃するだろう。そしてそれは、俺たちの想像を超える何かになる」

1.

「えと、凪──乙坂了哉って人、知ってる？」

綺はおずおずと訊いてみた。

「ああ。うちの学校にいる一年の生徒だな。目立つ方じゃないが──彼がどうかしたのか」

「いや、なんか──ちょっと会うことになって」

「ほほう、どうした。正樹が寮に引っ込んだところで、さっそく浮気か？」

凪はにやにやしながらそう言ってきたので、綺は慌てて、

「そ、そんなんじゃなくて──なんかその、相談に乗ってくれ、みたいなことで」

と誤魔化した。凪はうなずいて、

「ああ──だろうな。乙坂はこのところ不登校気味だからな。綺は彼とは、まだ学校にいるときに知り合いだったのか？」

と言った。やはり知っていた。凪はそもそも、この近隣の少年少女のことをほとんど調べ尽

くしている。ましてや深陽学園の者ならなおさらだ。隠すのは無駄なので、あえて言ってしまってよかった、と思いつつ、

「そうじゃなくて――昨日、街でたまたま会って。彼は私のことを覚えていて、それで〝学校やめるにはどうすればいいのか〟とか訊いてきて」

これなら凪も納得してもらえるだろうと、必死で考え出した作り話だった。

「なるほどね――」

凪は少し眉をひそめた。

「穏やかではないな。オレも一緒について行こうか」

「ううん、まず私だけで話を聞いてみるから、凪が来たら、彼はきっと怖がっちゃうし」

内心の動揺をひたすらに抑えつけながら、綺は平静を装って言った。すると凪も苦笑して、

「まあな――伝説の不良、炎の魔女だもんな」

手をひらひらと振った。しかしすぐに真顔になって、

「でも、気をつけておけよ。綺はまだ、他人に頼られるのに慣れていないからな。無駄に乙坂に同情するのは禁物だぞ。確かにあいつは中学時代にいじめられたりしていて、同情する面もあるが――自分で問題も起こしている」

「彼、何かしたの？」

「逆だ。なにもしなかったんだ――交通事故が目の前で起きて、人から助けを求められたのに、

それを無視して立ち去ったことがある。後で判明して、騒ぎになった。幸い別の通行人がすぐにやってきて事なきを得たんだが、死人が出るところだったらしい」

「そう——なの？」

「そういう危ないところもあるんだ。別に嫌になったらどんな相談されても、すぐにぶん殴って帰ってくればいい。後始末はオレがつけてやるから」

「うーん、その言いぐさだと、凪、ほんとの不良みたい」

「あはは。もっと悪いかもな」

「じゃあ、行っていいのね？」

「ああ。でもあんまり遅くなるなよ」

「うん、わかってる——」

なんとか言いつくろって、綺は内心の後ろめたさに苛《さいな》まれつつも、約束の喫茶店に向かうことにした。

＊

ポリモーグの指示では——

「いいね、明日の午後五時、駅前の喫茶店〈トリスタン〉に集合だよ。そこでこれからの計画を話し合おうじゃない。私は任務を、綺ちゃんは過去のしがらみを、了哉くんは――ええと、まあいいでしょ。とにかく私たちの今後が掛かっているんだからね。気合い入れて行きましょう、ね？」


――と言われていたので、その通りに綺は喫茶店に来たのだが……

「……え？」

空いている店内には、了哉一人しかおらず、彼は彼女を見ると、

「どうも……」

と遠慮気味に会釈してきた。

「ど、どうも……」

綺も落ち着かない中、挨拶を返す。

二人で同じテーブルについて、しばらく無言で時が過ぎる。

「…………」

「…………」

店内には音楽も流れているのだが、それでも妙に重苦しい雰囲気はぬぐえない。店員が注文を取りに来て、二人ともアイスコーヒーを頼んで、それが並べられても、なかなか手をつけら

れない。

「……あの」

おそるおそる話し始めたのは、了哉の方だった。

「時間……間違ってませんよね？」

「う、うん……五時、って言われたのは確か」

「じゃあ——やっぱり遅刻ですか、彼女」

「みたい、ね……」

二人は目を合わせずに、うつむきながら言葉を交わす。

「あの……昨日はすいませんでした、織機さん」

「え？　なにが？」

「い、いや……突然に声かけて、馴れ馴れしくしたりして。ムカついたでしょ？」

「あ……いや、そんなことは。それを言ったら、私も急にぶったりして……」

「いや、織機さんは力抜いてたじゃないですか。太腿叩いて音出してたのはわかりましたよ」

「あ……知ってたの？」

「ええ。全然痛くなかったし。ていうか、俺、殴られるのは慣れてるんで、不自然さにはすぐに気づきましたよ」

「慣れてる、って……」

「あ、俺、中学のときクラスで浮いちゃってて。あれですよ、よくあるヤツです」

「あ……そうなんだ……」

綺は少し言葉に詰まったが、了哉は気にしていないようで、

「それよりも、織機さんはあの〝システム〟とかと、どんな関係なんですか？」

と訊いてきた。しかしこれも返答に困る。

「うーん……なんだろ……どう言えばいいのか」

「秘密ですか、やっぱり」

「ううん、そうじゃなくて……よく知らないの、私も。スプーキーEに連れられてきただけだから……」

「自殺した人ですか。嫌なヤツだったみたいですね」

「そうね……それは間違いない」

「敵を作りすぎて、ストレスが多すぎて、それで絶望したんじゃないですか」

「そんなところだと思うんだけど、でもポリモーグがそれで納得してくれるかどうかが問題で」

「そうですよね……つーか、あの人が何考えてるか、全然わかんなくて。頭の中どうなってんでしょうね？」

「うん、同感……変な人よね」

　二人はここでやっと顔を上げて、お互いの眼を見た。そしてどちらからともなく、くすくすと笑った。

「ねえ織機さん、なんで学校に来なくなってんですか？」

「うーん……もともと通うつもりもなくて。言われるままに入っただけだったから」

「今はどうしてんです？」

「どうだろ……どうしようか、って。何もしていない、かも」

　綺としては後ろめたい話なのだが、それを聞いた了哉は、

「いいなあ、うらやましいなあ……俺も学校とか行かなくていいなら、そうしたいんだけどなあ。俺も〝システム〟に入ればいいのかなあ」

　と心底憧れる、みたいな口調で言った。綺は少し困った。

「でも……そんな簡単には」

「そうですよね……だって織機さんみたいに、嫌なヤツの下についちまったら色々大変みたいだし。あーっ、うまくいくことって、なんかないかなあ」

　了哉は、はあっ、と大きくため息をついた。

「…………」

　綺は、この少年をどう捉えたらいいのか、迷っている。

　彼にはどうやら、綺が特殊な立場で、ふつうの人間ではないことへの抵抗感がまるでないら

しい。彼女から見れば、ふつうの生活のできる一般人というのは恵まれた立場のはずなのだが、彼からするとそれは逆で、綺の方こそ優遇されている、ということになるらしい。そういう目で他人から見られることは、綺にとっては初めての体験だった。

(そんなことはない、って反論したらいいのか、それとも私の方が上から目線で、偉そうにアドバイスとかするべきなんだろうか……いやいや、そんな馬鹿な……でも)

なんとも落ち着かない。綺はこれまで、自分は様々な関係の中で、一番下にいることに適応してきた。世の中の者たちは全員〝格上〟であり、自分はへりくだっていればなんとかなった。しかし今、彼女は乙坂了哉に対して、どうも統和機構関係者として〝先輩〟にならなければいけないようだった。

(どうしよう……)

なんだか、綺が凪についた嘘が本当になってしまっている。それはそれで、とても居心地の悪いものだった。

「ねえ織機さん。彼氏とかいるんですか？」

いきなり了哉が訊いてきたので、綺は、はっ、と思索から引き戻された。

「……え？」

「ああ、すいません唐突に。でも昨日、ポリモーグに言われたんで……織機さんと仲良くなって情報を引き出せ、とかなんとか。でもそれって、織機さんに、既に親密な男がいたら、そもそも成立しないですよね。だから、ちょっと確認しないと、って」

「あ、ああ……そう。う、うーん……」

「ああ、やっぱりいるんですね」

「え、えと……いや、どうなんだろ……」

綺としては、谷口正樹を自分の恋人と断言していいのか、未《いま》だに迷いはある。自分は彼の誠実さに甘えて頼っているだけで、釣り合いがまるでとれていないのではないか、という不安は消えない。でも……

「えーと……」

「いや、わかりますよ。昨日からそんな感じしてたんで。織機さんにはなんか、自信？　そんなオーラがあるから。その人も〝システム〟の人ですか」

「いや、それは——」

「あー、でもどーなんですかね……ポリモーグはその人にもちょっかい出すんですかね……」

了哉がそう言ったので、綺は思わず奥歯を、ぎりっ、と噛みしめてしまった。

（そうだ……それだけは絶対に避けなきゃ……）

「こっちもそうなったら面倒ですよ。うちの親とかほんと頭悪いんで……なんとか知られないように気をつけないと」

了哉もそんなことを言っている。綺はうなずいて、

「とにかく、私たちだけの話で終わらせないといけないよね――」

「まったくです。どうしましょうかね」

「うーん……」

綺は考え込んでしまった。彼女はそもそも、考えるのが苦手だった。自分の判断で動いたことなど、人生の中で経験したことがほぼなかった。しかし今、道を見つけなければいけないのは、彼女なのだった。

しばらく無言で、二人は客のいない喫茶店でぼんやりし続けた。やがて了哉がぼそりと、

「なんかないかなあ……生きてる意味」

と言った。何気ない口調だった。綺がぎょっとして彼の方を見ると、うなずいてきて、

「いや、どうなんでしょうね……あるんですかね、そういうの」

「…………」

「まあ、こんなこと言ってるから、クラスでも浮いてしまったわけですけどね、結局」

了哉は苦笑しながら、肩をすくめてみせた。綺は、

（やっぱり……この子、私に似てる……）

それを実感した。すると彼はさらに、

「織機さんは、何が楽しくて生きていると思います？　なんかいいことって、最近ありましたか？」

と訊いてきた。

2.

（ああ……なるほど、この織機綺も、何で自分が生きているのか、よくわからないクチなんだな）

了哉の方も、綺が自分に共感していることを察していた。ぼんやりと無力感に包まれながら生きている、その感覚が同じなのだろう。それはきっと、綺の彼氏とやらにはわかってもらえない気持ちであるに違いない。

（この娘なら、きっと何言ってるか理解できなくなることもないんだろうな。いや、むしろ……）

彼の質問に、答えを見いだせずに困惑している綺に、了哉は、

「もったいないでしょ、織機さんはせっかく俺とは違って、学校に行かなくてもいいんだから。楽しいこととかやりたいことがあった方がいいですよ」

と、かなりぶしつけなことを言ってみた。しかし綺は怒らずに、むしろしんみりと、

「……そうなんでしょうね……なにかあるといいんだけど」

と同意してきた。

「織機さんが面白いって思うことはなんですか。なにか印象に残っていることとか、ないですか」

「うーん……」

煮え切らない綺に、了哉は、

「たとえば、好きなことってなんです？　音楽聴くとか、マンガ読むとか、そういうのないんですか」

「うーん……あなたはどうなの？　なにか心に残っていることとか、ないの」

綺がそう訊き返してきた、そのときだった。


〝……どうせ忘れるんだから、いちいち気にしていてもしょうがないでしょう……〟


またしても、あの〝声〟が聞こえてきた。聞こえる瞬間までどんなものだったか印象に残せず、しかし聞こえてきたときには、これだ、とすぐに把握できる声は、しかしすぐに途切れて、また不鮮明のなかに沈んでいく。

「あ……」

彼は思わず吐息を漏らして、それから綺のことを見つめ返して、うなだれた。

「いや……忘れちゃうんですよね」

彼は力なく呟いた。綺が眉をひそめるのにも構わず、さらに、

「なんかあったとは思うんですよ。でも、そのイメージが残らない。どうせ無駄なんじゃないかって、せっかく楽しかったはずの記憶も、後になるとぼんやりしてしまって、なにも長持ちしないいんですよね……」

投げやりな調子で、気がついたらそう喋っていた。声に導かれているのか、この前と同じで、無意識に口が動いていた。大した意味のないぼやきのような言葉だったが、しかしこれを聞いて、

「そう、なの……」

と、綺が妙に神妙な顔になっていた。彼女にはなにか響くものがあったのだろうか、それは了哉には見当もつかないことだった。

＊

（この子……）

綺は、今の了哉の発言を聞いてかなりの衝撃を受けていた。

それは、谷口正樹と出会う前の、スプーキーEの言いなりに生きていた頃の、綺自身の思考そのものだったからだ。自分がどれくらいの期間、あの男の命令に従っていたのか、その間ど

うやって生きてきたのか、今の綺にはそのころの記憶がほとんどない。頭から追い出してしまったのか、それとも抑圧しているだけなのか、それはわからないが、とにかく何の感懐もない。日々の記憶を残さないように生きていたとしか思えない。

しかしそれは昔の話で、現在の生活の中では、昨日も凪と交わした会話や、部屋を掃除したことなどをはっきりと思い出せる。今は違う。

でも、この乙坂了哉は……。

(この子を、私は……)

綺はごくり、と唾を飲み込んでいた。彼に対して何も言えない、ということは……それは裏切りのような気がしてならない。何を裏切るのか、綺にもよくわからなかったが……しかしただ沈黙していることだけは、これだけは許されない、と思った。そして、彼女はぽつりと、

「ケチャップ……」

と、なんとなく呟いていた。

「え？　なんですって？」

了哉がぽかん、とした顔になったので、綺はあわてて、

「い、いや……何が心に浮かぶかなあ、って思っていたら、なんとなく」

と説明するが、しかし自分でも意味がわからない。

「ケチャップが好きなんですか」

「い、いやそういう訳でもないと思うけど……味を、急に思い出して」

「ええと……つまり、食べることが楽しみ、ってことですか」

「う、うーん……どうなんだろ……」

出来合いの弁当やら冷凍インスタント食品ばかり食べているのに、そんなこだわりが自分にあったのだろうか、と綺は自分でも不思議だった。家主である凪がまったく自炊をしないので、綺もそれに準じているのだが、それに不満など感じたこともないのだが。

「なんでだろ……」

綺が首をかしげていた、そのときだった。

「なるほど！　綺ちゃんは〝食〟への追求心があるってわけだね！」

と陽気な声が、それまで陰気な雰囲気に包まれていた喫茶店内に響いた。

びくっ、と二人が振り向くと、そこにはニタニタ笑っているポリモーグが立っていた。

ただ……その格好が異常だった。

全身びしょ濡《ぬ》れで、服はあちこちが破れている。それでもまったく気にする様子もないので、指摘するのがためらわれるほどだった。もちろん外は雨など降っていない。なんで髪の毛からぽたぽたと水滴が垂れるほどぐしょぐしょに濡れているのか——。

「あ、あんた……」

了哉がおそるおそる声をかけようとしたところで、ポリモーグは、

「いやあ、私が関与しなくても、合意が先に進んでいたみたいだね。これなら話が早いってもんだわ」

と一方的に言いながら、二人の肩に同時に手を置いてきた。

「は、話って――」

綺が戸惑いながらも、なんとかそう問いかけると、ポリモーグは笑いを消して、真顔になって、

「君たちさあ――これから街で、デートしてくんないかな？」

と言った。

3.

了哉は以前から、女の子と街をデートするのはどんな気分だろうか、と妄想していた。ウキウキしたり、ドキドキしたりするんだろうか、楽しいのだろうか、どんな風に昂揚《こうよう》するんだろう、今までにない気分なんだろうな、と憧れていた。

しかし、いざそうなってみると……少女と二人で、街を連れ立って歩いてみても、そこには予想していたような興奮はどこにもなかった。

（えーと……これはなんなんだ？）

了哉は自分の横にいる織機綺のことをちらちらと横目で見る。

彼女の表情も強張っていて、およそ楽しそうな様子はない。

それはそうだろう……彼らは今、ポリモーグに命じられて、怪しい者を釣り上げるための〝餌〟として利用されているのだから。

ぼーっとしながら、人通りの多い街並みを並んで歩いているのだが、別に行き先も決まっていないし、いつまでうろついていればいいのかもわからない。

ポリモーグの指示は曖昧かつ適当で、

〝とにかく誰かが接近してくるまで動いていろ、接触してくるヤツがいたら、そいつにスプーキーEの影響があるかどうか見極めろ〟

という乱暴なものだ。彼女自身はどうするのかというと、

〝私は離れたところから君たちを監視しているから大丈夫。ほら、私という強敵がいると、前みたいに連中の記憶が消えてしまうかも知れないし〟

と言ってはいたが、周囲を見回しても彼女の姿は確認できないから、ほんとうに見張られているのかも不明だ。

「どうしよう……」

彼は綺に話しかけてみた。彼女の方も困った顔で、

「いや……どうしようって言われても」

まったく気の入っていない調子である。

「デートって、そもそも何するもんなんですか?」

「私に訊かれても……」

綺がそう言ったので、了哉はおや、と思った。

「あれ、でも織機さん、彼氏いるんですよね。デートとかしないんですか」

何気なく言ったつもりの言葉だったが、綺の反応は劇的だった。

眼を見開いて、口をぽかん、と半開きにしている。頬がぴくぴくと痙攣《けいれん》している。明らかにショックを受けていた。

(な、なんだ……?)

了哉は面食らった。

*

(そうだ……私は本来、知っていなきゃいけないんだ……正樹に何度も遊んでもらっていたはずなんだから……でも)

綺には、その頃の記憶がろくにない。スプーキーEに命じられるまま、谷口正樹を利用していた頃の忌まわしい記憶は、綺の中で蓋をされていて、ほぼ払拭されてしまっている。だから思い出せるのは、正樹の表情とか、ちょっとした感触とか、そういうものばかりで具体的なディティールは皆無に等しかった。

「私……」

無理に思い出そうとすると、正樹に対する罪悪感ばかりが膨れあがりそうになって、頭が痛くなってくる……。

「私、は……」

「最近はどうです？　どこに行きました？」

了哉が訊いてくるが、綺はぼんやりと、

「最近、会っていないから……」

と答えるしかない。

「へえ、なんで？」

「彼は、全寮制の学校だから……休暇にならないと、外に出てこないから……」

「うわ、今どきそんなのあるんですね。じゃあそもそも、どこで出会ったんです？」

「いや……その……」

「あ、そうか。今年一年生だったら、去年はまだ高校に入っていないのか」

了哉は綺が言いよどんでいるうちに、事情をあっさりと理解した。そして彼はさらに、

「まあ、やることないんだったら、さっき織機さんが言ってたやつでも当たってみますか」

と提案してきた。綺はぽかんとしてしまう。

「え？　私？」

「そう。あの〝ケチャップ〟を探してみましょうよ」

了哉の言葉の意味が、綺には一瞬わからなかった。

「ケチャップ……」

「言ってたじゃないですか。ケチャップが心に引っかかっているって。それがなんなのか、調べてみるってのはどうです？　ほら、街の中には色んな店とかあるし、その辺を回ってみれば、ちょうどいいんじゃないですか」

「うーん……」

綺はもやもやするものを感じたが、その理由が自分でもわからなかった。だから反対もできなかった。

二人はまず、デパートの地下にあるフードコートに向かった。ケチャップ、と言われてまず連想するのはホットドッグかアメリカンドッグだろう、という発想からだ。

それぞれ一本ずつ買って、ケチャップをかけたのを、綺は囓《かじ》ってみる。

（うーん……）

「どうですか」

了哉が訊いてくるが、綺としては、

「いや、別に……特になんにも」

「心の中の印象と違いますか」

「違うも何も……印象とか、よくわかってないし……」

綺は両手にホットドッグとアメリカンドッグを持ちながら、はあ、とため息をついた。それから周囲を見回して、

「ポリモーグ、どこから見ているのかな……」

と呟いた。彼女の視界には、あの合成人間の姿はまったく捉えられない。

「案外、見てないのかも」

了哉が冗談ぽく言ってきたので、綺は少し驚いて彼を見る。彼も吐息をついて、

「あり得ない話じゃないでしょ？　あの女のことだから」

「まあ……そうかも」

「いつでも逃げ出せるように気をつけてた方がいいかも。俺たちが怪しい奴らとさんざん揉《も》めて、殴られたりしてからでないとあの女、来てくれない可能性ありますよ。俺が不良に絡まれてるときも、あいつ最初助けようとしないで、ただ観察してただけだったし」

「そうなんだ……」

綺は、そうなったら自分はどうするだろう、と思った。

（正樹は……別に知り合いでも何でもなかった私のことを助けようとしてくれたけれど……私

にはあれと同じことができるだろうか……)

この大して縁のない他人である乙坂了哉を助けて、自分が盾になったりすることができるだろうか。その気力はあるだろうか。

(凪だったら、きっとこんなこと考えもしないでしょうね……見たら、すぐ助けてるに決まってる……だから義弟である正樹も同じことができるのかしら……私は、あの二人のようになれるんだろうか……)

それはとてもとても遠い道に思われて、その目的地にたどり着くのはあまりにも途方もないことだと感じた。

*

「…………」

了哉は、綺のことをずっと、じーっと観察している。

彼女が何を感じているのか、何を信じているのか、それを知りたいと思っていた。

綺の、奇妙にまっすぐに見える意思が、何に由来しているのか、そこに興味があった。それはもしかして、彼のぼんやりと張り合いのない人生の中に、一本の筋を通してくれるものを見いだす、そのためのヒントになるのではないかという予感があった。

（この娘は、何に感動するんだろうか……）

それがわかれば、彼もまた彼女のような強さが得られるのではないか、そう考えて、今、彼女をケチャップに触れさせているのだが、これは外れだったみたいだ。

だが、効果がないわけでもなさそうだ。ホットドッグを食べかけている途中で、急に遠くを見るような眼になって、物思いにふけりだした……何かを誘発されているのは確かだった。

「あのう……織機さん」

彼が呼びかけると、綺ははっ、と我に返って、

「な、なに？」

と焦りつつ返答した。

「いや、ケチャップそのものが印象と違うんだったら、似たようななにかを辿《たど》った方がいいかも」

「あ、ああ……どうかな」

綺は曖昧な返事である。心ここにあらず、という様子は変わらない。落ち着かない感じである。

「味じゃなかったら、色とかどうですか。そういう赤い色には意味ないですかね」

「赤……うーん」

「景色とか。夕焼けなんて赤いんじゃないですか？」

「それは……そうだろうけど」

「そろそろ日没の時間じゃないですか。そうだ。このデパートの屋上からでも、見晴らし良くてよく見えますよ」

了哉は思いつきを、かなり唐突に口にしている。これは彼の悪い癖のひとつだった。他人がどう感じているかをあまり考慮せずに、自分の考えだけを口にする。それでいらぬ反感を買ってしまうのだ。しかし自分ではそのことに気がついていない。

「うーん……」

綺は視線を落として、それから意を決したように顔を上げて、

「あの……乙坂くん、あなたにも知っていて欲しいことがあるの。ポリモーグが、私たちを囮《おとり》にして引きずり出そうとしているヤツの、その正体——〝ディジー・ミス・リジー〟のことを」

と切り出した。

4.

綺はその名前を、一度だけスプーキーEから聞いたことがある。

「いいか、カミール——おまえに近寄ってくるヤツの中には、俺を貶《おとし》めようとする屑《くず》が混じっ

ている──これはもう、絶対にいるんだ。だからそいつらを見つけたら、おまえは即座に死ね」

「────」

「本気で言ってるんだぞ。奴らはおまえの記憶を操って、あることないこと吹き込んでくるだろう。そうなったらどうにもならない。奴らの攻撃を受けたら、即座に自殺しろ。それだけが防衛策として有効だからな」

「──でも、どうやって区別するんですか」

「まず──物覚えが悪くなった、と感じたらもう、その兆候だ。奴らはおまえの頭の中を一度カラッポにしてから、都合のいい知識を植え付けてくる──もしくは、おまえの記憶の中から、特に強烈なトラウマを呼び起こして、そのパニックにつけ込んで洗脳してくる」

「…………」

「あ？　なんだその眼は？　なにか言いたそうな眼をしてやがるな？　ふん、わかっているぞ──それは俺自身の、スプーキー・エレクトリックの能力じゃないか、って考えているんだろう。ああ──そうだ。その通りだ。そいつらは俺と同類だ。俺には二人、同タイプの合成人間がいる……」

「二人……」

「ポリモーグとディィジー・ミス・リジーというらしいが、ポリの方は大したことない。俺よりも遥《はる》かに格下の、力任せのゴミだそうだ。しかし──ディジーは違う」

ぶるるっ、とスプーキーEはそのたるんだ頬を震わせた。

「奴は──くそ、奴とは一度だけ会ったことがある……とんでもなく冷たい眼をしてやがった。俺のことを虫みたいな感じで見下してきやがったが……奴は、俺たちよりも上級のカチューシャのことも、その氷のような眼で見つめやがったんだ……何考えてんのか、俺にはわからねー……怖くないのか、奴は──統和機構に目をつけられて狙われることをなんとも思っていないのか──畜生、俺はあいつの近くにいるだけで、自分まで裏切り者にされそうで、背筋が凍りつく思いだった……」

「…………」

「いいか、カミール……おまえにもすぐにわかる。奴の気配を感じたら、死ぬんだぞ」

「……どうやって、ですか」

「ああ？　そんなことまで俺に訊くのか？　好きにすればいいだろう。舌を噛み切るなり、屋上から飛び降りるなり、車道に飛び出したりすればいいだろうが！　つまらんことを訊くんじゃねえ！」

今思うと、あのときのスプーキーEは精神が不安定だった。きっとなにかを知らされた直後だったのだ。

そう……たとえば、ディジー・ミス・リジーが姿をくらました、というような情報を。

＊

「乙坂くん、それは——」

　綺は、了哉にそのことを伝えようとした。それはきっと機密事項で、一般人である了哉に知らせることはまずいのかも知れないが、彼が何も知らないで、敵の攻撃を受けるというのは許されない、と思ったのだ。

「なんていうのか——」

　綺が説明をしようとした、そのときだった。

　がちゃん、と大きな音がフードコートのスペースに響き渡った。

「ふざけんじゃねえ！」

「馬鹿にしてんのか！」

　その怒声に綺はぎょっとして思わず振り向いた。異様なのは、その声の主が中年女性と小学生くらいの少女である、ということだった。

　親子《おやこ》喧嘩《げんか》か、と一瞬思ったが、すぐに二人にはそれぞれの家族がいることに気づく。全然関係のない他人同士だ。

　それが、特に前兆らしきものもなく、唐突に激昂し合って、怒鳴り合いだしたのだ。

「黙ってりゃいい気になって――」

「その眼が許せねえんだよぉ――」

言葉が嚙み合っていない。お互い、勝手に怒鳴っている。

そして――彼女らの周囲の家族たちは、この騒ぎを止めるどころか……彼ら自身も席から立ち上がって、それぞれに摑み合い始めた。

「おんだらあ――」

「くぉらああ――」

もはや意味のない叫びを上げながら、殴り合いだした。

「なんだあ……？」

了哉が思わず声を上げる。そして綺たちが呆然としている間にも、周囲の人間たちはどんどん暴れ出した。もはや店員までもがレジから飛び出してきて、客と殴り合いだしている。

あきらかに異常――全員、正気を失っている。そしてこういう状態を、綺は知っていた。

（こ、これは――この異変は……スプーキーEの……電磁パルスによる精神攻撃……！）

彼女は何度も、それで正気を失わされる人間を見てきた。特徴としてはまったく脈絡なく、突然にスイッチを切り替えるようにして、人の気分を変えてしまうことだ。挑発も扇動もいらない。いきなり激怒させたり、号泣させたりすることができたものだった……しかし、これは
……

（こ、これは……違う。レベルが——桁が違う——）

第一、今暴れている人間たちは、誰一人として怪人に頭をわしづかみにされたりしていない。遠隔で電磁波を送り込んでいる——しかも、一度に何十人も攻撃できるなんてことが可能なのだろうか？

（これが〝ディジー・ミス・リジー〟なの……？）

彼女は周囲を見回した。しかし視界の中にそれらしき者はいない。そして……

（ポリモーグも……来ない！）

やはり恐れていたように、あの合成人間は彼女たちを見捨てるつもりなのか。敵の位置を把握するために、攻撃にさらしてもかまわないと思っているのだろうか——。

「な、ななな、なんなんですか、これ？」

了哉も取り乱している。しかし周囲の者たちのような乱れはない。彼女たちには攻撃の影響が出ていないのか——それとも、狙いを外されているのか。

（ポリモーグを誘《おび》き出《だ》そうとしているのは、敵も同じということなの……？）

綺は状況を見極めようとしていたが、しかし同時に、

（わかったところで、どうすればいいっていうのか……私には、打開するための力なんかない——）

彼女が絶望にさいなまれている間に、周囲で暴れている人間たちの何人かが、彼女たちの方

を振り向いた。デパートの警備員たちだった。騒ぎを聞いて近寄ってきたのが、たちまち自分たちも罠に落ちてしまったらしい。

「なに笑ってんだよ！」

「お高くとまってんじゃやねえぞ！」

「ガキのくせにデートなんかしやがって！」

道理もなにもなく、いきなり怒鳴りながら、警備員たちは二人に襲いかかってきた。

その眼は原始的な憎悪でぎらぎらと光っていた。あらゆるものに対して反射的に怒るだけの精神にさせられていた。

了哉はぽかん、としてその様子を見ているだけで、逃げようとしない——事態を把握できていないようだった。

綺はとっさに席を立って、彼の前に出た。そして迫ってきた男の一人に体当たりした。うまい具合に将棋倒しのように、三人ほどいっぺんによろけさせて転倒させられたが、自分も床に倒れ込んでしまう。

この隙に了哉が逃げてくれることを期待したが、彼はまだ呆然としている。

（ま、まずい——）

綺が焦っている間にも、男たちは立ち上がって、彼女に摑みかかってこようとする。

「——っ！」

思わず綺が奥歯を噛みしめた、そのときだった。

綺に迫っていた男が、いきなり横に飛んだ。それはスライドする台車に乗っているのかと思うほどの、平行の移動だった――いや、飛行だった。

宙を舞って、吹っ飛んだ。

続いて、他の男たちも次々と弾《はじ》き飛《と》ばされていく。

蹴りだった。

外部からこの闘争に介入してきた者は、手も使わずに男たちを瞬時に制圧していた。鋼鉄で強化された安全靴での蹴りであった。

それは綺が期待していたポリモーグではなく――全身を革のつなぎで包んだ、伝説の不良少女だった。

「おい、綺――だから言ったろう。無駄な同情は禁物だって。自分を守るのが先だろう、今のおまえは」

「な――凪?!」

炎の魔女が、綺の窮地に駆けつけてきたのだった。

5.

霧間凪は、当然のことながらずっと綺のことを追跡していた。今朝の彼女の様子がおかしかったのはあまりにも明白だったからだ。そしてこのような、異常な状況に陥っている――もはやこっそり監視している理由などなかった。

この大混乱はすでに、綺を保護するというよりも〝炎の魔女の領域〟に入っていた。彼女が日常的に戦っている異変そのものが展開されていた。

「そいつを連れて、外に逃げろ！」

凪はさらに迫ってくる他の人間たちを一撃で気絶させながら、綺に向かって怒鳴った。綺はうなずいて、まだぼんやりしている了哉の腕を乱暴に摑んで、無理矢理に引っ張って逃げ出した。

凪は、すでにスプーキーEの話を綺から詳しく聞いているので、この事態の真相は摑んでいる。そして精神攻撃にも対応している。合成人間による電磁波は、別の磁場によって簡単に無効化できるのだ。凪は磁気を纏《まと》わせた特製のチョーカーを首に巻いていて、これで干渉を遮断しているのだった。だから気絶させた人間たちも、後で正気に返すことは容易だ。

（だが――確かに話よりも遙かに強力――いったいどんな奴が、この攻撃を仕掛けているんだ？）

襲ってくる人々を右から左へ、左から右へ、ほとんど流れ作業のような無駄のなさで、凪は突きと、蹴りと、肘打ちと、膝蹴りと、頭突きと——およそ打撃系のありとあらゆる技で大勢を制圧していく。相手が正気であればこんなに簡単にはいかないが、なにも考えずにガードもフェイントもせずに突っ込んでくる者ばかりなので、急所を的確に突くのは、彼女にはたやすいことだった。

一分とかからず、彼女はデパートのフロアにいた人間を皆、床に這いつくばらせることに成功していた。

だがこの場合、全員倒せてしまうのは不自然なのだった。

（操っていた奴はどうした——自分では来なかったのか？）

凪が周囲を見回した、そのときだった。

「おおう——なんつー手際の良さ。すごいね、おねえさん——戦い慣れているね」

背後から、いきなり声がした。気配はなかった。

凪が振り向くと、そこに立っていたのはポリモーグだった。

「…………」

凪は無言で、この戦いを傍観していた相手を睨《にら》みつけた。ポリモーグはにたにた笑いながら、

「でも〝機構〟の人間って感じじゃないよね、どうしたって。普通の人間っぽいし。じゃあ、

なんなの、あなた」

「………………」

「もしかして、善意の第三者とか？　正義の味方なの？　実在すんの、そんなヤツ」

「………………」

「うわあ、ビックリだわあ。ファンタジーだわ。メルヘンだわ。世の中まだまだ捨てたもんじゃないっつーこと？」

「………………」

凪に睨まれながら、ポリモーグはゆっくりとした足取りで、相手に近づいていく。

「でも残念。私はどっちかっつーと、世界を裏から支配している悪の秘密組織側の者なのよねえ――」

両者の距離がどんどん縮まっていく――。

＊

「はあ、はあ、はあ――」

息を切らせながら外に飛び出した綺と了哉は、あまりにもふつうの通りの様子に戸惑いつつ、

少し離れたところまで避難した。

デパートから騒ぎが広がってくる様子はない。建物の中と、外と、まったく別の法則が存在しているかのような断絶だった。

「ふう……なんだったんですか、ありゃあ？」

了哉はまだ事態が飲み込めないようで、どこかのんびりとした調子で訊いてきた。しかし綺は動揺と混乱と疲労がない交ぜになっていて、まともに答えたり説明できる余裕がない。

「な、凪は——」

逃げろ、と言われたから咄嗟《とっさ》に出てきてしまったが、しかし彼女を一人で置いてきて大丈夫だろうか。了哉を連れ出したから、自分だけでも戻って凪の手助けを——と、綺が考えていた、そのときだった。

——ぞくっ、

と突然、首筋に氷柱《つらら》を突き刺されたような寒気がした。視線を感じた。

（…………?!）

綺は顔をそっちに向けた。通りを挟んだ向こう側に、そいつが立っていた。

晴れているのに、レインコートで全身を隠して、フードを深々と被《かぶ》って、そして顔にはマスクをしている……それでも、その陰から覗《のぞ》く視線だけは、それだけは綺にもはっきりと感知できた。

〝奴の気配を感じたら、死ぬんだぞ――〟

スプーキーEの言葉が、急に脳裏に甦《よみがえ》った。その視線の冷たさが、おぞましい記憶の一部をまざまざと再生していた。

(あ、あれが――)

綺が戦慄している間に、そのレインコートの人物はきびすを返して、人混みの中に消えようとする。

「あっ――」

綺にはもう考えているゆとりはなかった。彼女は走り出していた。

ひらひらと逃げるレインコートを追いかけて、全力で駆け出してしまっていた。

「ちょ、ちょっと織機さん?」

背後から聞こえる了哉の声も、彼女の耳には届いていなかった。

彼女は何度も、レインコートの影を見失いそうになったが、しかしその度に突き刺すような寒気がぶり返して、相手の気配を察していた。

その跡をたどって、綺は必死で人混みをかき分けて、必死で食らいついていった。

そして——気がついたら、地下街に入り込んでいた。

そこはいずれ再開発が進むという前提で、大半の店舗が撤退してしまっていて、通る人もほとんどいない、閑散とした空間だった。乾いた埃《ほこり》の臭いが漂っているそこを、綺はよく知っていた。

（ここは——スプーキーEの……）

そこはかつて彼女を縛り付けていた男がアジトの一つとして使用していた場所で、綺はここで何度も何度も彼に殴られていたのだった。

「う……」

思わず、唇から嫌悪の呻《うめ》きが漏れた——その瞬間、彼女の顔はいきなり摑まれていた。背後から伸びてきた手で、綺の口と鼻は完全に塞がれて、頬に指先が食い込んできた。

「………………！」

綺はもがく余裕すらなかった。顔を摑まれたまま、彼女の身体は引きずられて、そして地下街の奥にまで運ばれていった。

もう完全に人気のない場所まで来たところで、綺は乱暴に壁に投げつけられた。背中を強く打って、彼女はその場にずるずると崩れ落ちる。

「ううう……」

衝撃で全身が痺れてしまい、苦しむ綺に、その〝声〟が聞こえてきた。

〝カミール……おまえは、憶《おぼ》えているのか。あのお方のことを……〟

それは音声ではなかった。発せられた電磁波が、綺の脳の言語野を刺激して、彼女の頭の中で言葉を強引に紡ぎ出させているのだった。

（え……）

綺はとまどった。何を言われているのか、彼女にはわからなかった。しかし〝声〟はかまわずに、さらに、

〝おまえは……スプーキーEを殺して……それは、あのお方のためだったのか……それとも、おまえは……おまえは……忘れないのか……？〟

と、さらに意味不明なことを訊いてきた。綺がなんとか、

「だ、誰のこと……何を言っているの……？」

と問い返すと〝声〟は、

〝……消える……みんな消える……あのお方のことも……スプーキーEも……おまえも……み

んな消えてしまうのか……〃

と言いながら、その響きがだんだんと薄れていく。綺はなんとか身体の痺れが収まってきて、上体を起こして、顔を上げた。

しかしそのときには、もう彼女の前からレインコートの人影は消えていた。

(い、いったい何が——)

綺は混乱する頭を整理しようとした。そしてふと、

(ディジー・ミス・リジー——って……スプーキーEや私のことをずっと監視していたの? 私たちがこの街に来たときからずっと……でも、どうして?)

ということに気がついた。それはつまり……

(私たちが何かに気づくのを、恐れているってことなの……統和機構から脱走してまで果たそうとしてる目的って……この街には隠されているものがあって、それを見つけ出そうとしてる……とか?)

6.

(なんなんだ、いったい……)

了哉は一人取り残されて、呆然となっていた。状況がよくわからない上に、何をすればいいのか誰にも言われていないので、やることがない。

（なんだよ、くそっ……）

彼はかるく舌打ちして、近くの植え込み隅のブロックに腰を下ろした。

周囲の人々はせわしく行き交っている。今、そこのデパートの中で起きている異変については、誰も知らないようだ。

（なんだかなあ……）

了哉はぼけっとして、人の流れを見送っている。特に何も考えずに、ただ時を過ごす。それは彼の人生の大半でやっていることだった。常に不満で、心のどこかしらで退屈し続けている。

「あー……」

意味もなく、声が漏れる。すると横から、

「疲れているみたいだけど、別に何かしたわけでもないんだろう？」

と、いきなり話しかけられた。さりげない調子だったからか、特に驚くこともなく、了哉はその方を向く。

そこには彼と並んで、奇妙な扮装《ふんそう》をしたヤツが座っていた。最初からいたのか、彼の後から座ったのか、了哉には判断できなかった。

「え？」

「いや、君があまりにもつまらなさそうだからさ。それで生きてて楽しいかい？」

そいつは眉を片方だけ、ちょい、と上げてみせた。

筒のような黒い帽子を被って、全身を黒いマントで包んでいる。白い顔には黒いルージュが引かれていて、陰気なのかふざけているのか、よくわからない格好だった。変なコスプレ、では片付けられない、不思議な馴染《なじ》みがあって、そいつがそれ以外の服装をしているところが想像できないような、不自然な自然さがあった。

「ええと……」

了哉は、こいつをどこかで見たことがある、と思った。前にも会ったことがあるような……しかし思い出せない。

「あんた、誰？」

そう訊いてみた。すると黒帽子は、

「今はブギーポップだね」

と、これまた変な名乗り方をした。

今は、ということは別のときだったら別の名前なのか、つっこみたい気もしたが、それよりも気になっていることを訊く。

「ええと……前にも会ったことあるかな」

「どうだろうね、君が憶えていないのなら、大した出会いじゃなかったんじゃないのかな」

　ブギーポップははぐらかしているような、どうでもいいような言い方をした。どうもこいつは、こういう風にしか話さないらしい。しかし少なくとも、こいつが了哉のことを知っているのは確かなようだ。

「えと……あんたもその、あれか。ポリモーグの仲間で、例の〝システム〟とかの人なのかい？」

「どうだろうね。あんまり関係ないかもね」

「でも、あんたもアレなんだろ。人類の守護者とかなんだろ。危険分子を排除して回ってるんじゃないのかい」

「ぼくは世界の敵の、その敵だよ。それ以上でもそれ以下でもない。守護しているかどうかは、ぼくの知ったことではないね」

「？　……なんだかややこしいな――まあいいや。あんたもスプーキーEの自殺を調べているのか？」

「どうだろうね。彼に関しては、ぼくが殺したようなところもあるからね」

「え？　そうなの？　あんたが？」

「直接手を下したわけではないが、少なくとも彼の耳を切り落としたのはぼくだね」

「耳い？　なんだそりゃ。なんかえぐい話だな。あんたたちって普段からそんなことばかりしてるのかよ。ポリモーグも不良の奥歯とか抜いてたし」

「そうだよ。そんなことばかりしているのさ。なにしろぼくは世間じゃ死神と噂されているらしいからね」

「物騒だなあ。じゃああんたとポリモーグで直に話をつければいいじゃんかよ。俺たちを巻き込まないでさ」

「別に、ぼくはポリモーグという人にはなんの関心も興味もないんだよ」

「じゃあ、あんたはいったい何に興味があるんだ？　どうしてこんなところに出てきているんだよ？」

「そうだ、そこだ――それが問題なんだよ。ぼくはなんで、ここにいるんだろうか」

「そんな無責任な。自分のことだろう」

「ぼくは自動的なんでね。その辺の責任は最初からないんだよ」

「ずいぶんといい加減なんだな。うらやましい限りだよ」

「そうかい？」

「そうだよ。お気楽なご身分で結構なこった。俺たち弱い一般人を脅して、いい気になっているんだろう？」

「君は誰か、脅して言いなりにしたい人でもいるのかな」

「え？　いや――それ、どういう意味？」

「言葉通りの意味だけど。君には他人を屈服させて、意のままにしたいという願望はないのかな」

「…………」

「ああ、もしかしてポリモーグという人にも似たようなことを訊かれているのかな。それで、君は今、どちらの味方をした方がいいのかな、とか考えているのか」

「…………」

「だとしたら、それは無意味だよ。ぼくが君のためにできることは、たった一つしかないからね。選択肢はない」

「というと……何してくれるの？」

「いや、ぼくは死神だからね。できることは殺すだけさ」

「誰か気にくわない奴を殺してくれるってこと？」

この問いに、ブギーポップは首を横に振って、

「いいや、殺すのは君だよ。ぼくは君を殺すだけだ」

至極当然のことのように、そう言った。了哉は思わず絶句してしまうが、黒帽子はおかまいなく、

「それで今、困っているんだよ……ぼくは君を殺すべきなのかどうか。君は、どういう存在なのか。それが曖昧で、ぼくにもよくわからない」

「な、なんで……俺が殺されなきゃなんないの？」

「いや、それは君が世界の敵かもしれないからね」

「そんな馬鹿な——なんで俺が、そんな大層なものと間違えられなきゃならないんだ？」

「間違いではないね。そもそもどんな人間でも、世界の敵になる可能性は常にあるのだから、君だけが特別というわけでもない」

　ブギーポップはどこか投げやりである。その口調に切迫感が全然ないので、了哉はこれが本気の話なのか、冗談なのか判別できない。笑い飛ばしてしまってもいいような気もするのだが、しかしそれで何かが変わるということもなさそうな……。

「お、俺を殺すと、きっとポリモーグは怒ると思うけど。まだやらせたいことがあるみたいだし」

「ああ、いや……だから、その人はどうでもいいんだよ。これは君の問題なんだ。君以外には何の関係もない。君と、この世界と、それ以外の要素は一切入ってこない。ただ、君がこの世界を滅ぼすかどうか、それだけだ。その滅ぼされる世界の中には、他のありとあらゆる者たちが含まれてしまうのだから、君が死ぬことで誰が怒ろうが嘆こうが恨もうが、ぼくにはどうでもいいんだよ。ぼくが殺さなかったら、どうせそれ以外のみんなも滅びるのだから」

　ブギーポップは淡々と言う。

「な……何を言ってるんだ、さっきから。俺が？　みんなを滅ぼす？　くだらない。そんなこと——」

「考えたこともない、かな。ほんとうにそう言えるのかい」

「い、いやそれは、そりゃ多少はさ――でもそれは」

「誰でも考えること、かな」

「そ、そうだよ――みんなそうだろ」

「だから、別に君だけが特別だとは言っていないし、みんなの方にその要素がないとも言っていないよね、ぼくは」

ブギーポップは曰《いわ》く言いがたい顔をしている。それは笑っているような、うんざりしているような、泣いているような、怒っているような、矛盾した感じを同時に与える、左右非対称の歪《ゆが》んだ表情だった。

「誰でも世界の敵になるし、創造主にもなる。でもそんなことを真剣に受け入れられる者はこの世のどこにもいないんだ。みんな可能性を持てあまし、どうでもいいようなことにばかり固執して、肝心のことからは目をそらす、そのために生命をすり減らしているんだ。君もみんなも、何も変わりゃしないんだよ」

「…………」

了哉は、黒帽子の言っていることはほとんど理解できなかったのだが、しかし……

（なんだ……なんか変だ……俺は、これを……前にもこんな風な話を、誰かから聞いたことがあるような気がする……）

しかし、それがどういうものだったのか、それはいくら考えても思い出すことができないのだった。

その彼のことを、ブギーポップはじっ、と見つめている。

「なあ、了哉くん——君はどう思うんだい。君はぼくに殺される理由があると思うかい。そして、ぼくを殺してでも貫きたいと思うような、そういう強い意志を持っていると感じるかい」

「殺して、でも——？」

「そうだよ、当然だろう。君はぼくが殺すと言ったら、黙って殺されるのかい。そんなことはないはずだ。その場合、ぼくは君に殺されることになるかも知れない。どうだろう、君はぼくを殺したいのかな」

ブギーポップはもう、無表情になっている。そこからは何も読み取れない。言葉以上の含みはない。

自分を殺したいかどうか、それを問うているだけだ。

「——」

了哉が絶句していると、ブギーポップはかるく息を吐いて、

「ああ——やっぱりわからないな。君は実に曖昧だ。なんでそうなのかは不明だが、このままではぼくの方も、君を殺すまでにはいかない。もう少し事態が動いてくれないと、君の内実は計れないようだ、しかし——まさかとは思うが」

そう言って、了哉の眼を覗き込むようにして見つめてきて、そして、

「もしや君は、ただ忘れてしまっているだけじゃあるまいね？」

と訊いてきた。了哉はここで、初めて――心臓を摑まれるような感覚に襲われた。

正体不明の奴に殺すと言われても生じなかった驚愕《きようがく》と動揺と戦慄が、なぜか〝忘れている〟という言葉に触れたとたんに、爆風にさらされるように揺さぶられた。

「う……」

激しいめまいが生じて、思わず彼はうつむいて、身体を〝く〟の字に曲げた。脂汗が全身から滲み出てきた。寒気がした。奥歯がかたかた、と鳴り出して、自分でも抑えられなくなった。

両手で己の身体を支えるように抱きかかえた。

「ううう……」

頭痛がした。頭の中でなにかがぐるぐると回っていた。

「ううう……」

なにか〝声〟が聞こえそうで、しかしこのとき、彼の脳裏には何も響いてくることはなかった。

どれくらいの時が経ったのか――彼が呻いていると、その肩をいきなり揺さぶられた。

「――っと、ちょっと――乙坂くん？　どうしたの？」

はっとなって顔を上げると、そこには織機綺がいて、彼のことを心配そうに見ていた。了哉

は我に返って、周囲を見回した。

だが、もうあの黒帽子の姿はどこにもなかった。

（いや——そもそも、あいつ……ほんとうにいたのか？）

疲れた彼の頭が生み出した幻覚か、うたた寝の中に生じた悪夢だったのではなかったか……そうとすら思った。しかし——胸の奥の違和感の濃さはいっこうに減らない。

「あ……」

了哉は綺のことをぼんやりと見返す。

＊

「だ、大丈夫なの、乙坂くん……」

綺はおそるおそる、彼に訊ねてみた。しかし彼はどこか心ここにあらず、という感じで虚ろな目をしている。

なにかあったのだろうか。しかし実際に敵と遭遇していたのは綺であり、そこから急いで戻ってきたのだから、あのレインコートの人物は彼に何もしていないはずだ。ではいったい、彼女から離れている間、この衆人環視で不審なことがあったら大騒ぎになっているはずのここで、彼は何と遭遇していたのだろうか。

綺が困惑していると、彼女たちの背後から、陽気な声で、

「ああ、そこにいたんだね——綺ちゃんたち」

と呼びかけられた。ポリモーグの声だった。振り向くと、どういう訳か彼女の隣には、きわめて渋い顔をした霧間凪が一緒にいるのだった。

「え——？」

訳がわからず、ぽかん、としている綺に向かって、凪が、

「おい、綺——友達は選んだ方がいいぞ。なんでこんな変な奴と知り合いになっているんだよ？」

と不機嫌そうに言ってきた。

Memento

3
凍結を想う

『自分に都合のいいだけの記憶は他者を害して、
踏みにじることでしか存在できないから本質的に毒であり、
病となってあなたも侵す』

――――失われた記憶の破片より

（炎の魔女――そうだ、炎の魔女だ――ヤツも確かに、あそこにいた――）

ディジー・ミス・リジーの中で、憎悪が甦っていた。あの躍動する肉体の動きを前にも観察したことがあった――だが、あのときは、そう……

（そうだ……彼女に止められたんだった……炎の魔女に、わたしの手の内を見せるな、と命じられて……ああ、そうか……）

そのときの屈辱を想い出した。自分ではあいつに敵《かな》わないと思っているのか、と彼女から判断されているのではないかという不安が、その熱い憎悪を覚えている。だが、それは今となっては……

（おお……この心の熱さ……これはいい。この憎悪が、わたしの記憶を呼び戻してくれるかも知れない……炎の魔女よ……おまえへの怒りは、今やわたしの命綱となってくれるのかも知れない……）

炎の魔女を、あのときと同じような状態に近づけてやれば――彼女と炎の魔女が繰り広げていた闘争の、その熱さを再現してやれば……。

（そうとも、きっと戻る……わたしの中に、彼女が、その姿が、名前が、温かさが……その実

感が)

ディジー・ミス・リジーはすでに、この時点で正常な判断力を失っているが、その妄執だけは燃え尽きる前の炎が一際激しく輝くように、そのパワーはさらに増大しようとしていた。

1.

一週間が経った。

あれから、特に何かが起きたりはしていない。乙坂了哉の日常は元の灰色の生活に戻っていた。

「…………」

学校帰りには、毎日ポリモーグが姿を現して、

「なんか変わったことなかった?」

と訊いてくるのがルーティンになった。彼女と霧間凪は、それぞれ謎の敵を追い続けているらしいが、凪の意向でもう、彼と織機綺はその探索には加わらないことになった。

あのディジー・ミス・リジーの仕業らしき集団暴走事件の際に、色々と情報を共有した後で、霧間凪は厳しい表情で綺に宣告した。

「いいか、綺——あんたはもう、スプーキーEに関わるすべてのことに近づくんじゃない。何

の意味もない。あんたは、もう新しい人生に向かっていかなきゃ駄目なんだよ。いつまでも過去に囚われていては、何も始められないぜ。それに——乙坂」

「は、はい」

「あんたの事情はわかった。ただ巻き込まれただけで、迷惑をかけられたことには同情するが——しかしこれ以上、綺を面倒に巻き込むなよ。あんたには害が及ばないようにするから、それで勘弁してくれ」

了哉にもそう言ってきた。彼としては、

（うわー、本物の炎の魔女かよ——なんで学校の有名人と外で会うかねえ……）

とか呑気《のんき》なことしか頭に浮かばず、特に彼女の迫力に気圧《けお》されるということもなかった。ただ、変な奴だな、ぐらいの印象しかない。他の者はどう感じるんだろう、とポリモーグが来たときに一度、訊いてみたことがある。

「炎の魔女をどう思うか、って？」

ポリモーグはうーん、とかるく唸ってから、

「まあ、悪い奴じゃないんじゃない？」

と無難きわまる言い方をした。

「でも、不良だぜ」

「あはは、乱暴な言い方ね。まあねえ、どう考えても、ふつうの連中の、生ぬるい集団生活に

は収まらないだろうから、不良ってことにしかなんないんでしょうね、彼女は」

「なんであいつ、いきなり出てきて、急に全部を仕切るみたいなことになってんの？　事件を解決するのは自分だ、みたいな顔をしてるけど」

「いや、そのつもりなんでしょ。私としては、面倒が減って助かるかもね」

「いいのかよ？　あんたの仕事なんだろ。横取りされて悔しくないのかよ」

「いやあ、別に私、なんでも自分でやらなきゃ嫌、とかないんで」

「やっぱりいい加減なんだな。でも一般人に任せて大丈夫なのかよ。あいつって例の〝システム〟に協力的とかでもないんだろ。そのへんどうなんだよ」

「なんで君にそんな心配されなきゃなんないかなあ……それはそうなんだけどさ、でもねえ、なんか——」

　ポリモーグは少し遠い目をした。そして、

「いや、この前の騒ぎのとき、彼女に割り込まれたときには正直、かなり焦ったんだよね——全然関係ない奴が出てきた、困った、ってね。わかってたと思うけど、君たちが襲われているのを、私、しばらく放《ほ》っとくつもりだったんで」

「それで敵を誘い出そうとしたんだろ」

「そう。そしたらあんなことになって。いやもう、あれじゃ肝心の敵には絶対に逃げられるって思って、それでしょうがなく出て行ったんだけど」

「なんで仲良くなったんだよ？」

「仲良しになれたわけじゃない。今でもあっちは私に警戒心丸出しだし。でもねえ――なんか」

「なんか、ってなんだよ？」

「いやあ、一応訊いてみたんだけどね。スプーキーEって自殺したと思うか、って。そしたらさあ、彼女、なんて言ったと思う？」

「知らないよそんなの」

「これがさあ――〝死ぬことはなかった。償う方法は他にもあったはずだ〟って言いやがって」

「なんか綺麗事《きれいごと》言ってんのな」

「そう、お為《ため》ごかしで、おめでたい言い草よね。でもさ――そこで私、気づいちゃったんだよね」

「何を？」

「私もそうだし、織機綺もそうだし、もちろん〝システム〟の他の連中も、全員がスプーキーEの死について、疑問に思ったり不審さに脅威を感じたりしてたけどさあ――誰も、彼が死んで気の毒だ、可哀想《かわいそう》だ、なんて思ってなかったんだなあ、ってことに」

「……それがどうかしたのかよ？　織機さんに少し訊いたけど、すっげえひでえ奴だったんだろ、スプーキーEって」

「うん、そうなんだよ、そうなんだけどね……それにしても、誰もあいつのことを哀れにも思ってやらなかったんだなあ、って……それが、決して快く思っていないはずの炎の魔女が、彼女だけがこの世界で唯一、スプーキーEのことを悼んでくれてんのか、って気づいたらさあ……なんか彼女とやり合うのが馬鹿馬鹿しくなってきちゃって、ね」

「なんだそりゃ。くだらない」

「まあねえ、君ならそう言うだろうね——でもまあ、特に問題になりそうもないから、当面は彼女の介入を受け入れることにしたの」

「問題、って？」

「彼女なら、そうそう簡単にはやられそうもない——少なくとも君や綺ちゃんよりは、はるかに囮として〝使える〟ってね。彼女があれこれと街を探り回れば、敵が釣れる可能性はもっと増えそうだし」

ポリモーグはにやりとした。結局、この合成人間は実用的に使える要素はなんでも利用する、ということらしい。心情的にどうのこうのあっても、それで判断が乱れることはないのだろう。

「俺たちはもうお払い箱か」

了哉がそう呟くと、ポリモーグは彼の顔を覗き込んできて、

「なに、君って私の手伝いをしたいの？」

と訊いてきた。了哉は唇を尖らせて、

「だってなんでも言うこと聞いてくれる、って言ったじゃんか」

「あはは。そうね——状況が落ち着いたら、なんかしてあげるよ。それは約束しとくから。それにまだまだ、君のことを襲ってくる奴がいるかも知れないから、その辺は気を抜かないでよ」

と言われはしたが——だんだん彼女が彼と接触する頻度は落ちていき、最初は一日に六回だったのが、四回になり、三回になり……一週間経った今では、いつもなら出てくる通学路の途上にさしかかっても、ポリモーグは姿を現さない。

「…………」

了哉はいつも、一人で登下校をしている。集団登校の機会がなければ、小中学のときでもいつも一人きりで歩いていた。

もうすぐ家に着いてしまう、というところまで来ても、やはりポリモーグは来ない。

「…………」

彼は立ち停まった。そして携帯端末を取り出すと、電話をかけ始めた。

通話先は、織機綺だった。

*

（うーん……）

織機綺は、なんとかその本を読み通そうとしていた。

〝人々はおそらく、本当の意味では何も悩んでなどいない。彼らがしていることはただの現状放棄であり、事態が過ぎ去った後で、あれこれと振り返って自分の心情に合うように調整しているだけで、現実に向かい合ったりはしていない〟

こんなようなことが延々と書いてあるその本は、凪の死んだ実父の著作の一つだ。山のように積んであるので、手にとってみているのだが、読書に慣れていない綺にはなかなかの難物だった。

〝世の中でしばしばとんでもない嘘が横行するのは、人々が普段は事態の真贋《しんがん》を確認することを怠っているからだ。なにが嘘で、なにが真実か、それを見極めることを二の次にして、人はいつだって自分の責任が軽くなるような道を優先して選択する〟

いったい何を言われているのか、わかったようなわからないような文章を追いかけていると、頭がこんがらがって、気がついたら読んだはずの文章を全然憶えていなかった、ということになる。目で行を辿っているだけで、中身を把握していないのである。仕方なく、もう一度同じところを読む。こんなこと書いてあったっけ、という経験を何度もすることになり、自分の知性の低さにほとほとうんざりしてくる。

（末真《すえま》さんとか、こういうのをすらすら読んじゃって、あげくに私に色々と面白おかしく説明してくれるんだもんな……どれだけ頭がいいんだろう、あの〝博士〟は……）

綺は霧間凪の親友で、霧間誠一の熱心なファンである末真和子《かずこ》とも仲良くさせてもらっているが、あの二人が話しているところに立ち会うと、すごい勢いで論理が次から次へと展開していくので、正直ついて行けずに、いつも横で呆然としている。何か言われても、はあ、と愛想笑いするぐらいしかできない。

（私、ああいう人たちと親しくしてもらう価値あるのかな……どうにもならないんじゃないか、私なんか……）

読み進めるのをいったんあきらめて、綺はしおりを挟んで本を閉じた。

彼女は、この前の騒ぎからずっと、凪から外出を禁じられてしまっている。

「いいか、オレがなんとかするまで、家でおとなしくしていろ。長くはかからないから、心配するな」

そう言われてしまっては、綺は逆らうことができない。凪は彼女のことを思ってそう言ってくれているのは痛いほどよくわかっているからだ。

しかし、それはそれとして、家の中でずっと待っているのは退屈だった。仕方なく本を読んでみても、難しくてひたすらに無力感にさいなまれるばかりで、気晴らしには全然ならない。

（うーん……）

ベッドに寝転んで、天井を見上げながら、綺は自分はまるで、じりじりと虫眼鏡で焼かれる虫みたいだ、と思った。ずっと本を読んでいたので、その中に書かれていた形容を自然と流用している。

（私にできることはなんだろう。それに、このままポリモーグ相手に隠し通せるのか……）

彼女は、スプーキーEの自殺の真相をある程度は知っている。もちろんあの歪んだ男の内面など想像もできないし、する気もないが、彼が飛鳥井仁《あすかいじん》の能力の前に敗北し、極度の精神ダメージを受けたのが大きな原因であることは知っている。今、隠遁生活《いんとんせいかつ》中の仁は凪の前に完全降伏し、綺と正樹も彼に対しての恨みはまったくないが……ポリモーグと仁を引き合わせるのはあきらかに危険そうだった。

（おそらく、ポリモーグでは飛鳥井仁をどうこうできない……彼の方がずっとしたたかで、きっと彼女は手玉に取られるだけ。でもそれは、仁を統和機構に誘導することを意味する……きっとそれは、いずれは避けられないのだろうけど、今はまだ早い気がする……凪だってそう思っているから、ポリモーグになにも教えないんでしょうし……でも）

ディジー・ミス・リジーは……どうなのだろうか。

（あいつは……知っているんだろうか。いや、間違いなくスプーキーEがただの自殺ではない

ことは理解しているはず。ずっと私たちを監視していたのだとしたら、なにもかも承知していると見た方がいい……でも)

綺は、現在の飛鳥井仁がどこにいるかを凪から教えてもらっていないし、知ろうとも思っていなかったが、もしかすると彼の助けを借りた方がいいのかも……だが、その判断は綺ではなく、凪にしかできないだろう。

(ああ……そもそも、私は誰かの助けを借りることしかできないの? 私にはほんとうに、できることはなにもないの?)

綺は焦りを感じた。頭の中で、乙坂了哉に言われた言葉がぐるぐると巡っている。

〝何が楽しくて生きてるんだと思います?〟

(私は――)

綺はいつのまにか奥歯をきりきりと噛み締めていた。そんなときだった。

綺の携帯端末が、電話の着信を告げた。びくっ、と起き上がる。現時点では、彼女のところに電話など、まず掛かってくることがないからだ。正樹は長い無断欠席がたたって今、外部との連絡を学校から禁じられているし、末真などの知り合いとも今まで電話で話をしたことはない。凪からの緊急連絡だろうか、と焦りながら手に取ると、そこに表示されている名前は〝乙坂了哉〟だった。

（あ……そうか、連絡先を交換していたんだった……）

綺は動揺しつつ、電話に出た。

「はい――」

〝ああ織機さん、どうも。今、時間いいですか〟

「え、ええ――別に何もしてなかったから」

〝そうですか。織機さんも霧間凪の手伝いとかしてるわけじゃないんですね〟

「う、うん」

〝いや実は、ちょっと気になってることがあって、それで織機さんに相談したいと思ってですね〟

「電話とかで、あんまり話さない方がいいと思うんだけど」

〝盗聴とかされてますかね。むしろそれくらいの方がマシなんじゃないですか〟

「え？」

〝織機さん、霧間凪からどんな話を聞いてますか〟

「な、凪は私なんかに、いちいち危ない話はしないから」

〝それってどうなんですかね、信用されていない、ってことじゃないですか？〟

「そ、そんなことは――」

〝少なくとも、俺の方はすっかりポリモーグに見限られつつあるみたいで、完全に放置されてますよ。あんなに協力しろ協力しろって詰め寄ってきていたのに、勝手なもんですよね〟

「あ、あの乙坂くん――あんな危険な人とは関わらないのが一番で、縁遠くなるなら、その方が」

〝織機さんは悔しくないですか。俺は悔しいなあ。自分が軽く見られている感じがしますよ。舐《な》められてるんですよ、俺たちは。だいたい――〟

と電話口の了哉がなにやら興奮している様子の、その音声に変なものが混じった。

〝じじっ……じじじっ……でぃ……〟

そのノイズは最初はかすかに、しかし徐々に大きくなっていく。

「……？　あの、乙坂くん？　なんだか電話の調子が――」

と彼女が言おうとしている中でも、ノイズはどんどん激しくなっていき――

〝……じぃ……でぃ……じぃ……でぃじぃ……でぃじぃ……！〟

――そして、唐突に静まる。続いて聞こえてきたのは、がつっ、という妙に鈍い、重いものと硬いものが衝突するような音で、そして——がららっ、と砂利道の上を滑る音が響いてきた。

携帯端末が吹っ飛ばされて路上に落ちた際に聞こえるような——いや、そのものの音であろう。

「ど、どうかしたの、乙坂くん？」

綺はあわてて訊いた。しかし電話の向こうから聞こえてきた声は、もう乙坂了哉のそれではなく、

〝カミール——おまえは、いらない……〟

それはあの、寂れた地下街で聞いた頭の中に直接響いてくる、あの声だった。

〝おまえは役に立たない……なんの価値もない……〟

そして、ばちっ、という回線がショートするような音とともに、通話は一方的に切れてしまった。

「な……」

綺は愕然《がくぜん》としていた。すぐにもう一度、乙坂了哉に電話しようと試みたが、しかし当然のように、まったく反応はない。端末自体が破壊されたとしか思えない。

（か、彼は——乙坂くんは、ディジー・ミス・リジーにさらわれてしまったの？）

そうとしか思えない状況であるが、どうして彼のことを今頃になって——。

（と、とにかく凪に——）

だが——凪の電話にも反応がない。彼女は今、電話に出られない状況にあるらしい——。

（ど、どうしよう——どうする？）

綺は動揺し、混乱し、焦燥していた。凪の指示に従うのならば、彼女は外に出てはならない。ここでじっと待機し、連絡がつくまで隠れているべきだった。

しかし——

（わ、私は——私にはほんとうに、何もできないのか——）

ぎりりっ、という音が彼女の頬から聞こえた。噛み締められた奥歯が軋《きし》んでいた。

（私は——）

無力な乙坂了哉を、同じように無力な織機綺は見捨てることしかできないのか——その思考が頭の中で形になる前に、もう綺は動いてしまっていた。

家から飛び出して、走り出していた。

どこへ向かう——いや、この場合、ほとんど選択の余地はない。

彼女自身も連れ込まれた場所――スプーキーEの残臭が残っている、あの場所しかなかった。

2.

霧間凪は、なにかがおかしいと思い始めていた。

彼女が意識をして街を探索し始めてから、すでに一週間が経ったが、その異変への予感は日増しに大きくなっていて、痕跡らしい痕跡を見つけられないにもかかわらず、彼女の神経は危機を察してぴりぴりと尖り出していた。

（なんだ――なにが異様なんだ――？）

彼女は今、特別なことをしているわけではない。街をパトロールのように巡回するのは彼女の日課だし、そこで不良少年と対峙《たいじ》しているのもいつものことだ。中にはほとんど顔見知りみたいになってしまっている連中もいる。

そのときも、もう何度も会って話をしている相手だったので、凪はいきなり、

「なあ、ちょっと訊きたいことがあるんだけど――」

と話しかけたら、その少年はいきなり、

「なんだてめえ？　いきなり馴れ馴れしいんだよ。どこの学校だ？」

と凄んできたので、凪は一瞬絶句した。彼の眼を見て、わざと知らないふりをしているので

はないことがわかったからだった。彼女はとっさに、

「あ、ああ——悪い。ツレかと思って間違えた。すまなかったよ」

と言った。するとそいつはさらに凪を睨んで、

「けっ、変なヤツだぜ——とっとと失《う》せな」

と言って路面に唾を吐いて、そして背を向けた。

「………」

凪は、少し迷ったが、その場はそのまま立ち去った。そして次は気をつけて、別の不良少年に遭遇したときは、あえて声を掛けずに、その横を通り過ぎた。かつて凪は、その少年の鼻の骨を折ったことがあったのだが——それでも彼は凪にまるで反応しなかった。視線をあえて背けるとか、そういう素振りさえもなかった。

(なんだか——オレのことを街の連中が忘れているみたいな感じだ……いや、もちろん奴らにとってはオレは数多いトラブルの一つでしかなくて、印象に残っていない可能性もないわけじゃないが……しかし)

不自然であることは明白だった。思い切って、誰かを締め上げてみようかとさえ思ったが、それで確認できることがあるか不明だったので、やめた。

人通りの少ない路地にさしかかったところで、彼女はやや声をひそめつつ、それでも明瞭な発声で、

「おい——ポリモーグ、ちょっと出てこい」

と彼女のことを監視しているはずの合成人間に呼びかけた。

数秒、静寂が落ちて、そしていつのまにか、ポリモーグは彼女の背後に立っている。足音は聞こえなかった。

「なあに、炎の魔女。今のところ何の成果も出てないけど」

嫌みっぽく言われるが、それには応じず、

「おまえ——まだ街の人間たちには何もしてなかった、って言ってたよな。そいつは本当か？」

「え？　なんで？　そうよ。せいぜい乙坂了哉を脅していたガキどもに多少質問したくらいよ。だってそうでしょ？　観察してたんだから——」

「おまえら電気系の合成人間が記憶を操作できるのは知っているが——その技術は使っていないんだな？」

「当然でしょ。情報を収集しなきゃなんないのに、その前に自分で消しちまっていたら世話ないわ」

「…………」

「なに、疑ってんの？」

「いや……その事実は、その通りなんだろう。だからビビってる」

「あん？　どういうこと」
「オレが乗り出してきたとき——いや、おまえがこの街に来た時点で、すでに手遅れだったんじゃないか、って気がしてならないんだ。敵はとっくに……」
と凪が言いかけたところで、どこからともなくその〝音〟が聞こえてきた。

〝じじ……じぃ……でぃじぃ……でぃじぃ……〟

空電ノイズのような音が、周囲にうっすらと響いている。
何の音だ、と凪が訝しんだそのとき、彼女の脳裏に、ふいに懐かしい声が浮かび上がった。

〝いいか、凪……強くなろうと思うな。獲得した強さを当てにするな。強くなれたら何でもできるなんて考えは、甘えだ。おまえは逆に、自分の弱さを捨てなくてすむ方法を探せ。弱虫で病弱で寂しがり屋の自分を守るついでに、他の連中も守ればいいや、ぐらいの気持ちでいいんだ〟

どうしてその言葉を今、想い出したのか……それは凪の亡父の親友であり、凪にとっては師匠であり、もうひとりの父親とでもいうべき人物の言葉だった。凪にとっては心の支えでもある大切な人の、その声を何で今、反芻《はんすう》したのだろうか。

（な、なんで弦《げん》先生を……？）

凪はめまいを感じた。はっとなって、首の対磁チョーカーに触れて、確認する。その間にも、ノイズはじわじわと拡大していく。


〝でぃじぃ……でぃじぃ……でぃじぃ……〟


電磁波とは関係なく、その〝音〟そのものが耳鳴りのように身体に干渉してくるようだった。しかし、どこから聞こえてくるのか？

「お、おいポリモーグ——」

凪は横にいる合成人間に目を向けた。しかし彼女の方は、凪ではなく、全然違う方を見ていた。

上を——この通りを見下ろす建物の屋上を。

「あれって——」

彼女が呟くのと、凪がそっちを向くのは同時だった。凪にもそれが見えた。一瞬だけ、ちらりと——レインコートを着た人影らしきものが、すっ、と奥に引っ込んだところを。

「あれが、ディジー・ミス・リジーか……！」

言うやいなや、ポリモーグは飛び出していた。

常人を遙かに超える脚力で、路面を蹴り、壁を蹴ってさらに跳び、あっという間に建物の上へと到達し、影と同じ方向へと消えた。

「ま、待て！　まだ——」

凪は止めたが、間に合わなかった。足音が遠ざかっていく。

そして耳鳴りのような音は、まったく弱まる気配もなく、ずっと響いている。そして……同じ響きを反復しているだけと思われたその音の中に、凪は、

（あ……？）

あるフレーズを聴き取った。それは一瞬しか現れなかったが、だが確かに、その旋律が浮かび上がったと感じた。

（い、今の音……歌、か？　しかもあの歌は……まさか）

凪はここで、彼女らしからぬ反応をした。どっ、とその全身から脂汗が噴き出して、背筋から胸にかけて氷の塊を突っ込まれたような寒気を感じて、思わずがくがくっ、と震え出していた。奥歯がかちかちと鳴りかけるのを、必死で噛み殺す。

（まさか……〈サロメ〉じゃなかったか？　今の歌は……どうしてあの歌が、今更、こんな状況で聞こえたんだ……？）

それは、数々の事件を解決してきた霧間凪にとっても、抜けない棘《とげ》のように心に刺さり続け

ている記憶だった。自分の無力さを思い知らされ、やったことが正しかったのか、間違っていたのか、その判断さえできないのに、むざむざと相手に投身自殺された、その罪悪感だけが重く重く取《と》り憑《つ》いているのだった。

（どうして……ヤツは死んだはずで、その想いを受け継いだつもりだった飛鳥井仁も、今ではもうすっかり改心したのに……なんで？　ディジー・ミス・リジーってのはいったい……なんなんだ？　ただの脱走した合成人間ではないのか？）

凪は混乱する気持ちを必死に抑えつけながら、路地裏から出てポリモーグたちが消えていった方角へ向かおうとした。

だが——その足が、そこで停まる。

「う——」

表通りの、街の様子が一変していた。

人々はいる。大勢の通行人が、店の店員が、買い物客が、警察官が、近所の住人がいる。しかし——その誰もが、まったく動いていない。

誰もが立ちすくんで、あるいは座り込んで、壁にもたれかかって、ぼんやりと宙を見上げている。

まるで魂が抜かれてしまったかのように……いや、この場合は、

（記憶を……消されたのか？）

凪は思わずよろけて、建物の壁に手をつきかけたが、その瞬間に指先に痺れを感じて、あわてて飛《と》び退《の》いた。

「う――」

壁には金属製の装飾が施されていて、そこに静電気を感じたのだが――むろん、それがただの静電気ではないのは明らかだった。

（や、やはり――すでに……）

凪は周囲を見回した。街の至る所には、当然のように電気が通っている。それが明かりをつけて、エアコンを動かして、信号機を転倒させて、そしてスピーカーから音楽を流している……電流が、街中のすべてに介在しているのだった。

〝でぃじぃ……でぃじぃ……でぃじぃ……〟

音は至る所から聞こえてくる。それがどこから聞こえるのか、凪は今や理解していた。

あらゆるところから、音は発せられているのだった。街中の伝導体に電気が流れるとき、周囲にほんのわずかな漏電が生じていて、それが空気に振動を与えているのだ。老朽化した蛍光灯が音を立てるように、あらゆる電動機器が同じノイズを一斉に奏でているのだった。

だが……それは形にならない。

凪には一瞬だけ聞こえた曲は、音を出している者には維持することも認識することもできずに、曖昧なままで混沌《こんとん》を垂れ流しているだけだった。

その範囲は圧倒的にして膨大、少なくとも街のこの一角はすべて影響下にあるのは確実だった。

(すでにこの街は、とっくの昔にディジー・ミス・リジーの支配下にあった……おそらくはスプーキーEが生きていた頃から、ずっと……レベルが違いすぎて、同じタイプの合成人間でさえ感知できなかったんだ……)

凪は、剝《む》き出《だ》しだった手に絶縁コーティングを施した革グローブを塡《は》めながら、車道の方に目を向けた。

車は普通に走っている。信号も動いているので、ドライバーたちは誰もこの辺りの不審に気づいていない。ただ通過していくだけだ。

(オレも一度、ここから離脱するべきか――態勢を整える必要があるが……)

と携帯端末を取り出して、サポートをしてもらうべく羽原健太郎《はばらけんたろう》に連絡をつけようと試みたが、やはり、

(駄目だな……電子部品はすべて使い物にならないようだ。こちらからも、向こうからも通信は不可能か――)

凪が通信不能に気を取られているわずかな隙に、彼女の背後に忍び寄る影があった。

レインコートを着込んだ、大きな人影だった。

彼女の背後から手を伸ばしてきて、首の対磁チョーカーを奪おうとする――しかしその手が触れる寸前に、凪が動いていた。

後ろを見ることなく、回し蹴りをいきなり叩き込んでいた。

迫ってきていたレインコートの不審者は、吹っ飛ばされて路面に倒れ込んだ。

「――む？」

凪はすかさず次の攻撃態勢に入るため相手の方に向き直ったが――異変に気がつく。

（こいつ――さっき裏通りでオレたちを覗き込んでいたヤツとは体格が違う――別人だ。ポリモーグが追いかけていったヤツとは違う――なんだ？）

共通しているのは、レインコートを着込んでいる……フードをすっぽりと頭から被っているという点だけだった。

そして、凪が一撃を加えただけで、そいつはもう立ち上がってこようとしない。あまりにも脆《もろ》い。

凪は思い切って、相手に接近して、その襟首を掴んで引き起こそうとした。だがレインコートに指先が触れた瞬間、そこに激しいスパークが生じたので、

「――うっ?!」

と思わず身を引いてしまった。対磁グローブのおかげでショートした電流は遮断できた。と

っさに離してしまった相手はそのまま再び、どさっ、と地面に落ちた。

フードが外れて、頭が露出した……普通の男だった。どこにでもいるようなサラリーマンでしかない……。

(ただの一般人だぞ――絶対にこいつがディジー・ミス・リジーではあり得ない！)

それが理解できたのは、その男の表情だった。意識を喪失して、半開きになった瞼《まぶた》の奥の眼にはなんの思考もない。周囲の人々と同じだった。

しかし今、こいつは動いて凪を背後から襲ってきた……凪は、男からレインコートを剝ぎ取って、観察した。電気スパークは一瞬で散ってしまっていて、もう触ってもなんともなかった。どうやら素材的に、帯電しやすいようになっているらしい。このレインコートの中に電流を流し続けて、操り人形としての指令を保護していたのだろうか。単純な暴力衝動を誘発するのではなく、複雑な動きをさせるためにはこういう〝補助部品〟が必要なのかも知れない。逆に言うと、レインコートさえあればもう〝有効範囲〟を気にせずに活動させられることになる……。

(すると――さっきのヤツも〝人形〟に過ぎないのではないか……いや、綺が見かけたというのも、本体ではなく、あくまでも端末に過ぎなかったのかも……)

凪は周囲を見回す――ぼーっと動かない人々の中に、ちらちらっ、とその隙間の中でレインコートを着込んだ影がいくつも見えた。包囲されている――。

（オレを攻撃する気か――だが、おかしい……今の男もそうだが、ただ殺すだけならもっと効率的なやり方があるはず……）

電磁波を遮断するチョーカーを奪おうとしていた、ということは凪も支配下に置きたいのだろうが……。

（そのメリットはなんだ？　いや、そもそもヤツの目的はなんなんだ？　統和機構を裏切った動機は……）

凪の背筋に、ふたたび冷たいものが流れはじめていた。

（あの〈サロメ〉の歌……そして記憶が操作される現象……まさか、これは……ディジー・ミス・リジーを、オレはさっきまでただの反逆者だと思っていたが、そうではなくて……転向者だとしたら……ヤツは主人を統和機構から鞍替《くらが》えして、しかしその次の主人もまた死んでしまって、それで行き場を失って……）

凪の思考はぐるぐると回転するように、論理的な推察と恐怖に縛られる錯綜《さくそう》の間で行ったり来たりしていた。

（そうだ……あのときと同じだ……あいつがいなくなって、あれほどあいつに心酔していたはずの仲間たちが、全員……すっかり忘れてしまって……これは、この光景はそれに近い……）

周囲の、あらゆる記憶を奪われて放心している者たちの中に一人きりで、凪は絶対的な孤独を感じた。そして同時に、嫌でも思い出す存在のことが頭に浮かぶ。

(い、いや待て——これが〝あのとき〟と同じなのだとしたら——ここには、ヤツも……)

凪がそこまで考えたところで、果たしてその姿が通りの向こうに見えた。

地下街に通じる階段の前に、そいつがいた。

黒い帽子に黒いマントで全身を包んで、白い顔に黒いルージュの、人というよりも筒のような奇妙なシルエットが。

「ぶ——ブギーポップ！」

凪は叫んだが、しかし黒帽子の方は一瞬だけ彼女の方をちら、と見ただけですぐに顔を戻して、そして地下へと消えてしまった。

3.

(な、なにこれ……？)

綺は、動きの停まってしまった街を前に、呆然と立ちすくんでいた。

霧が出てきていた。街のあちこちから、ぱちぱちっ、と静電気のはじけるスパークが瞬《またた》いていて〝でぃじぃ……でぃじぃ……〟というノイズがうっすらと響いている。

霧には、ぴりぴりするような感触がある。電気のイオンがどうとかで生じているのだろうか。

それが街を包み隠しつつあった。視界が極端に狭くなってきている。

（凪は……もうこの中で……？）

ごくっ、と唾を飲み込んで、意を決して、綺は白く包まれた街路に足を踏み入れていった。

道順は憶えているので、なんとか地下街に通じる入り口にまで来て、そして階段を降りていく。

霧とノイズは、下に降りて行くにつれて薄れていく。影響は地上にしかないようだった。

（あてが外れたかな……？）

綺は不安になってきた。ここになにか核心があるのではないか、と考えていたのは甘い期待に過ぎなかったか、と自分の予感に自信がなくなってきた。

そんなとき、彼女の背後から、

「あれえ、織機さんですか」

という呑気な声が聞こえてきたので、綺はびっくりして振り向いた。

そこには乙坂了哉が立っていた。

「ど……」

「どうかしたんですか、織機さん。こんなところで何を？　……あれ、いや待ってくださいよ。そもそも俺も、何でこんなところにいるんだろ？　たしか織機さんに電話してませんでしたっけ、俺……あれれ？」

首をひねっている。了哉には自分になにが起こったのか理解がないようだった。

「お、乙坂くん……あなたはディジー・ミス・リジーにさらわれたはずで……」

「え？　そうなんですか？　俺が？　……あ、携帯がなくなってる。頭がなんか痛いと思ったら、こぶができてる。え？　なに？」

「と、とにかく落ち着いて。そ、そうだ。これを首に巻いて」

綺は、凪に渡されていた対磁チョーカーを了哉に渡した。綺自身もここに来る前につけてある。

「あ、これって炎の魔女の。うわ、なんかおそろいですね。ペアルックかな」

了哉は能天気なことを言いながら、チョーカーを巻いた。綺は慎重に観察していたが、彼がチョーカーを受け取ったり、巻いたりしている間、そこに電磁スパークの反発らしきものは生じなかったし、顔の表情にも変化はなかった。ディジー・ミス・リジーに洗脳されている形跡はない。

（じゃあ、彼女はなんで、彼を誘拐したんだろう……私に来るなとか言っておいて、わざとおびき寄せたんだろうか……）

綺は混乱しながらも、次にどうすればいいのか迷った。外は異常な状態で、凪はどうなったか不明で、了哉は見つけたものの、彼を逃がす安全な先の見当もつかない。

（どうしよう……）

彼女が考え込んでいると、了哉が、

「あのう、織機さん——どうして俺がここにいるってわかったんですか？」

と訊いてきた。綺はびくっ、と彼の方を見て、

「え？」

と訊き返してしまう。すると了哉は不思議そうに、

「俺を助けに来てくれたんですよね——でも、なんですぐに、ここだって直感したんですか」

とさらに質問してきた。これに綺は、

「ええと、それは——いや——」

説明しようとして、口ごもる。彼女自身も、どうしてわかったのか、自分でも整理されていないことに気づいたのだ。

「——たぶん……ここにいるんじゃないかって思って……でも……」

スプーキーEが潜んでいた場所だから、というのは、考えてみれば根拠としては実に希薄だった。隠れ場所としてわざわざそこを選択するのは少し不自然だった。結果的に的中はしたが、しかし疑ってもおかしくはなかったはずだ。

(私は……もしかして、すでにディジー・ミス・リジーによって、頭の中をいじくられているのか……？)

その不安が湧き上がってきた。すると了哉が、

「まあ、それはいいや。それよりも、あっちの方で変なものを見つけたんですよね」

と言ってきた。そして二人は、寂れた地下街の奥へと足を進めていった。

通路の行き止まりで、もはや誰も近寄らないであろう廊下の隅に、段ボール箱が積まれていた。長いこと放置されていたと思《おぼ》しきそれらの、封が切られて開かれている。

そして中身のいくつかは床にこぼれ落ちていた。

あの、ディジー・ミス・リジーのレインコートだった。

「これって……？」

「なんか、ここに在庫として置いといたのを、これから使いますって感じですよね……きっと何十着とあったんじゃないかな」

「私が見たのは、この中の一つだった……ってこと？」

綺はますます不安に駆られる。連絡のつかない凪……彼女は今、何をしているのだろうか。何と戦っているのだろうか？

（私は……）

綺はレインコートを摑んで、握りしめながら、がくがくと震えだしていた。怖い。色々なことが怖い。凪に不正確な情報を伝えて、彼女を窮地に追いやってしまったかも知れない、という恐怖が彼女を責め立てていた。

「ううう……」

綺が思わず呻いていてしまったとき、横の了哉が、

「ねえ、織機さん――あなたには、どこからともなく〝声〟が聞こえてくるような気がする、って経験はありませんか?」

と、ふいに訊ねてきた。

「え――」

「実際に声が聞こえているかどうかはどうでもよくて、なんか言葉が頭の中で突然に響くっていうか、その〝声〟の言うとおりにすると、上手《うま》くいかなかったことや追い詰められていた状況が良《い》い方に変わるんです。ありませんか、そういうことが」

「……乙坂くん?」

「俺にはあるんですよ、それはきっと浅い理屈では説明できないけれど、直感的にぴんとくるんです。間違っていないって」

「あ、あの……」

「あなたは、どうしてこの場所がわかったのか、そいつはきっと、そういう〝声〟の導きですよ。織機さん、思い当たる節がないですか? どう考えても自分では無理だと思った絶体絶命の事態が、よくわからないうちに、なんとなく打開されてしまったことが」

「…………」

言われて、綺は思い出さずにはいられない。

スプーキーEによって雁字《がんじ》搦《がら》めに縛られて、どう考えても先などなかったはずの過去から、気がついたら自由な未来を選択してもいいという現在になっていること自体が、綺自身の努力では片付けられない幸運と、そして自分でも何に由来しているのかわからない、根拠の知れない決断の積み重ねであったことを。

「——〝声〟……」

言われてみれば、なにかそんなようなものがあった気がする。飛鳥井仁に捕らえられて、冷たい床の上に転がされていたときに、自分ではない別の何かが、彼女のことを導いてくれていたような感覚があったような、そんな気がする……。

「織機さん、恐れることはないんですよ。あなたは今、間違ったことはしていない。むしろ俺を助けに来てくれたことからも、正しい方向を進んでいる。あなたならきっと、この行き詰まった状況を突破できる——」

乙坂了哉の言葉は奇妙な説得力に満ちていて、綺は戸惑いながらも反論できない。それでもなんとか訊いたのは、

「で、でも……どうして私が？」

ということだった。そう……綺は自分に特別なことなど何もないことを知っている。しかし了哉はこれにも、

「ねえ、ちょっと思ったんですが……このたくさんのレインコート、ディジー・ミス・リジーは大勢の中に紛れ込んでいるんじゃないですかね」

「う、うん……可能性はあるよね。きっとそういうことだと思う」

「その区別……もしかして、織機さんにしかつけられないのかも」

「え？」

「だって織機さんは、ヤツと同じタイプのスプーキーEと、長いこと一緒にいたんでしょう？　誰よりもその種の連中の気配に詳しいんじゃないですか、実は」

「…………」

「ポリモーグはたぶん駄目です。あいつは冷静な分析とかできそうもない。炎の魔女はスプーキーEを直接には知らない。あなたしかいないんですよ、織機さん」

「わ、私が……？」

「ねえ、織機さん……俺は思うんです。あなたはスプーキーEの下で、ただただ苦しいだけの無意味な時間を過ごしてきた、って考えているけれど、そこにも意味はあったんじゃないか、と。そう……今、ここで、ディジー・ミス・リジーの危機から人類を救えるのはあなただけで、そのための準備として、あの苦しい時間はあったのではないか、と――」

「…………」

綺は絶句してしまった。目の前で饒舌《じょうぜつ》に語っているこの乙坂了哉は、ほんとうにあの卑屈な少年なのだろうか。それとも彼が言っているように〝声〟が彼を導いているのか……しかし、いずれにせよ、

「……う、うん、確かに……あなたの言うことには一理ある……」

それは納得するしかない。綺には、この了哉の意見を否定することはできなかった。了哉もうなずいて、

「行きましょう、外に——俺たちでこの事件を解決するんです」

と言った。綺はぶるるっ、と身体を震わせて、歩き出した。それはもう恐怖の震えではなく、武者震いに近いものだった。


——二人が地下街から霧に包まれた地上に出て行くのを、背後の暗がりから見ている姿があった。

「…………」

それは照明の切れた暗がりの中に溶け込むようにして、ずっと二人のことを観察していたのだった。

黒い帽子に黒いマントの、人というよりも筒のようなシルエットは、二人のことを止めるでも見送るでもなく、怒っているのか疑っているのか、曰く言いがたい左右非対称の表情を浮かべながら、無音で移動を開始した。

Memento 4 霧消を想う

『誰かに許しを求めたって仕方ない。
ほんとうの解放は他人に許されるものではなく、
あなた自身が忘れ去ることを許すところにある』

――失われた記憶の破片より

「あなたたちは、私のことを忘れてしまうでしょう」

彼女がそう告げたとき、皆の間には動揺が走った。しかし彼女はそれをなだめるでもなく、さらに穏やかに、

「それは避けられないことなのよ。私には〝死〟が視《み》えるけれど、それは生き物としては本来、不自然なことなの。だから私という異物がいなくなってしまったら、あなたたちはもう、私という不思議を理解できなくなって、論理を辿れなくなり、意識で支えることが適《かな》わなくなり、記憶にとどめておくことができなくなってしまう。それは仕方のないこと。あなたたちが生きている以上は〝生〟と〝死〟を同時に持っている私という矛盾を抱えたままでは生きていけないのだから」

と奇妙なことを言った。その口調はあくまでも静かで、皆を責めたりするようなものではない。だがそれは、まぎれもない非情の宣告なのだった。

おまえたちは自分とは同じところには、決して立てない……足下にも及ばない、という事実を告げているのだった。

皆は苛立《いらだ》ち、戸惑い、怒気をあらわにし、彼女に懇願したり撤回を求めたりしたが、彼女は

あくまでも優しく、いつものような美しい微笑みで皆を見つめ返すだけで、誰の言葉にも反応しようとしなかった。皆が疲れ果てて、沈黙が落ちると、彼女は、

「もう、私の前には死神が迫ってきている。ブギーポップがすぐにもやってくる。世界の敵として、私のことを滅ぼしに来る。そうなれば、私はあなたたちとは共に進むことはできなくなってしまうけれど……それはあなたたちの歩みが停まることではない。いつか必ず、あなたたちか、その影響を受けた誰かが、私の矛盾さえも突破して、すべての未来が手を取り合って進んでいける、そんな世界がきっと実現するわ。今は、可能性の中にさえ存在しない、イマジネーションだけのかげろうに過ぎないけれど——ええ、きっと」

誰にも真似《まね》のできない、ただただ純粋に〝笑う〟ことが結晶のように輝いている、彼女はそういう笑顔を浮かべていた。

……その言葉を聞いていたときの、自分の印象だけがまだかろうじて、ディジー・ミス・リジーの精神にこびりついている。その欠片《かけら》にしがみついている。

そうだ……あのとき思ったのだった。

生きている以上、彼女のことを忘れてしまうのが避けられないというのなら、ならば……

(生きていなければ……死んでいるも同然であれば……そして世界中がすべて、そんな状態になっていれば、彼女のことが消えることもないのではないか……)

そう――確かに、そんなようなことを考えていたような、そんな気がする。曖昧だが……いや、確実だ。絶対にそうなのだ。

やらねばならない……たとえ全世界を敵に回しても……いや、むしろ、

（そうとも……世界の敵になれば、私も彼女と同じところに立てるはず……！）

1.

霧はどんどん濃くなってきている。

（くそっ……まずいぞ……）

凪は焦っていた。視界は悪く、彼女の動きは制限される。無差別に動けるのならまだいいが、

（今……この街には動けない、無防備な人間たちがそこら中に立っている――巻き込まずに戦うことは、きわめて難しい……！）

その事実が彼女をますます疲弊させていた。

〝でぃじぃ……でぃじぃ……〟

ノイズがひっきりなしに聞こえ続ける中、レインコートの人影が無数に、視界の隅から隅へと抜けていくのが見える。包囲されている。

（いっせいに襲いかかるタイミングを計っているのか……？）

スプーキーEも、自分の人格を他人にコピーして作業させることが可能だったというから、ディジー・ミス・リジーにおいてはそれをさらに上回り〝軍隊〟を形成することも可能なのだろう。明らかに凪は今、分が悪い。しかし——

（おかしい——何が狙いなんだ？　オレを無力化するだけなら、五人ほど犠牲にするつもりで突っ込んでくればいいだけのこと——オレには逃げるしかなくなる。だが、こいつらはじわじわと包囲しているだけで、なかなか来ようとしない——）

凪は異変が起きてから、かなり移動して街からの脱出を目指しているが……霧から出ることができない。敵の有効範囲も動いているのか、それとも想像以上に半径が広がっているのか——。

（少なくとも、オレが入ってきたときよりは拡大してるのは間違いない……これが計算によるものならまだいいのかも知れない……しかし、仮にこれが、本人にも制御不能になりつつあるからだとしたら……）

凪がある恐ろしい考えを頭に浮かべたとき、またしても彼女の脳裏に懐かしい人の声が響いてきた。

〝凪さあ、あんたってなんでも深刻に考えすぎなんじゃない？　大丈夫だって。どうにかなるよ、きっと〟

それは彼女の親友の声だ。しかしその少女は今はもういない。彼女が消えてしまう直前に、凪が少女と交わした最後の会話のときの、その言葉が頭の中で甦ってきた。

そして、激しい頭痛がする——。

（ううっ——ま、まただ……またオレの心の中で、重要な記憶が唐突に出てくる……さっきから何度も何度も……これはもう、偶然ではないし、オレの本能が危機を感じて走馬燈《そうまとう》のように振り返っている、というような甘っちょろいものでもない……これが敵の〝攻撃〟の本質なんだ……）

凪は思わずよろめいて、建物の壁面に手をついてしまった。ばちちっ、とそこで静電気が生じてかすかにスパークする。街中が帯電している。その電流はすべて、一つの目的のために設定されているのだ。

（記憶……そう、記憶を引きずり出している……オレは対磁チョーカーで防御しているから、この程度ですんでいるが……他の連中は全員、これをもろに喰《く》らっているために、重要な記憶が抜かれてしまって、人格も精神も保てなくなっているんだろう——しかし、なんのために他人の記憶を引きずり出しているのか——）

凪は、今——心底恐ろしい。彼女はがたがたと震える自分を抑えようともせず、息をぜいぜいと喘がせていた。

対峙している敵を恐れているのではない。ディジー・ミス・リジーを怖がっているのではない。

電撃型合成人間を突き動かしているであろう、ある衝動の原因をこそ、畏怖しているのだった。

(想い出したいのか、ディジー・ミス・リジー……そうなんだろ？　おまえもまた〝あいつ〟の仲間だったんだろう……そう、オレはあの事件が終わった後で〝あいつ〟の協力者たちを片っ端から当たったが……一人の例外もなく、全員が同じだった。あれほど強敵だった穂波顕子《ほなみあきこ》ですら、完全に忘れてしまっていた……誰一人として〝あいつ〟の名前すら覚えていなかった……しかし、おまえだけは、その能力故に、記憶を操るエキスパートであったが為《ため》に、その薄れゆく記憶を必死で固定しようとしているんだろう……自分で自分に能力を掛けて、懸命に……しかし)

凪は周囲を見回した。霧の中から足音がいくつも響いてくる。包囲が狭まっている。凪の記憶に潜んでいるある〝におい〟を察したのか、積極的な攻撃に移ってくるつもりらしい。凪が〝あいつ〟の記憶を意識して呼び起こしたら、とたんに反応した——やはり仮説は正しいようだった。

(しかしそれは——もう、タガが外れている……おまえは自分で自分を操作しすぎて、正常な能力制御すらできなくなっている……当たり前だ。おまえはしょせん、通常の物理法則の中でしか生きていない存在にすぎない。合成人間と言っても、一般人と大して変わりがない……異常で超常の〝あいつ〟とは比べものにならない。ヤツがどんなつもりで、仲間だった者たちから自分の記憶を、その痕跡を消したのか、オレにもわからねーし、おまえにはもっとわからねーだろう……ただひとつ言えるのは、ヤツが〝その気〟になったことで、対抗できたことは何もない、という残酷な真実だ。その最期さえも結局は自殺で、ブギーポップですら殺すことができなかったんだ……ヤツが〝忘れろ〟と命じたら、それに逆らうことは誰にもできない――）

凪が走り出すと、周囲のレインコートを着た者たちも走り出して、追ってきた。

下手にぶちのめしてしまうのは危険だった。操られているだけで、中身は脆弱《ぜいじゃく》な一般人なのだ。そして相手は負傷を恐れずに突っ込んでくる。

（どうにか――どうにかして本体に辿り着かなければ――）

しかし、どこにいるのか。この大勢の人間がひしめいている街の中で、どうやってディジー・ミス・リジーを区別して発見できるのか、凪には方策がなかった。

（やはり――待つしかないか。向こうが痺れを切らして、直に出てくるまで――）

疾走している凪の前に、レインコートが飛び出してきた。とっさにスライディングして、相手を足払いで転倒させ、その横をすり抜けようとした。

だが、手首を摑まれた。凪は起き上がれず、そこに背後から敵の群れが殺到してきた。

「くそっ！」

凪は必死で首をガードしつつ、彼らをなんとか振り払おうとする。するとそこで、状況に変化が生じた。

敵が一人、後方に弾かれた。

そして続いて一人、また一人と凪から引きはがされていく。

「――！」

凪がガードの合間から、ちら、と上を見る。そこには馴染みのニヤニヤ笑いがあった。

「おおう、炎の魔女――苦戦してるね？」

ポリモーグが戻ってきていた。

合成人間は凪のような遠慮も容赦もなく、迫ってくるレインコートたちを次々と蹴散らしていく。

*

綺は、霧の中をさまよっていた。

〝でぃじぃ……でぃじぃ……〟というノイズを聞きながら、綺は奇妙な感じがしていた。

（なんだろう……なにか、もどかしい……）

焦りというよりも、それはむず痒《がゆ》いような苛立ちだった。

彼女の周囲では、呆然と空を見上げる動かない人々が立ち並んでいる。マネキン人形のようでいて、それらは微妙にゆらゆらと揺れている。

そしてよくよく観察してみると、その口がわずかに動いている。なにかをもごもごと喋っている。しかしそれは意味のある言葉とは思えない、不安定な異音だ。同じものではなく、各人がてんでバラバラな音を発しているようだった。

(何を言っているんだろ……)

綺は、これまで他人に自分から寄っていく、ということをほとんどしたことがなかった。だから多少気後れしつつも、しかしやらねばならない、と意を決して彼らの口元に耳を寄せて、注意深く音を聞く。

何人も何人も、そうやって彼らが呟いている音を聞き取ろうとする。

「………」

その様子を、後ろから乙坂了哉が眺めている。彼はただ綺について行っているだけで、自分では特に何もしようとはしない。そんな彼に、綺がふと、

「この人たちって……何をされているんだと思う?」

とあらためて訊いてみた。わかるわけがないが、印象だけでも知りたいところだった。少しでも手がかりが欲しい。そしてこれに了哉が、

「そうですね……実は、何もされてなかったりして」

と間抜けなことを言った。綺は思わず振り返って、

「え？　どういう意味？」

と訊き返してしまった。かくも歴然と、自失状態にさせられている人々の姿を見て、どうして何もされていないと思うのか、単純に理解不能だったからだ。だがこれに了哉は平然とした口調で、

「だって、こいつら……なんか意味ありますか？　ただぼーっとしてるだけじゃないですか。何の役に立つんですか、これが。ディジー・ミス・リジーにとって価値があるとは思えないんですけど」

「じ、じゃあ、この人たちは何でこんな目に遭わされているの？」

「うーん、別に理由とかないんじゃないですかね。強いて言うなら〝ここにいた〟から、とか」

了哉は肩をすくめて言う。

「たぶん、上手くいかなかったんですよ。ディジー・ミス・リジーがなにかしているとして、そいつは失敗してんじゃないですかね。見当外れのことをしているから、無駄にメチャクチャになってるような気がしますけどね、俺は」

「失敗……」

綺は周囲を見回した。それから唾をごくり、と飲み込んで、

「私も……そう言われていた。失敗作の出来損ない、何の意味もない役立たずだって……」

と小さな声で呟いた。

「え？ なんですって？」

聞き取れなかった了哉が訊ねてきたが、綺はそれには答えなかった。代わりに彼女は、ぶるるっ、と大きく身震いして、息を大きく吐いて、そして――首の対磁チョーカーをむしり取った。

「え？ な、なにしてんですか？」

了哉が焦った声を上げるが、これに綺は手を上げて制して、

「平気――操られての錯乱じゃない。わかった上でやっているの。問題ない――でも、あなたは付けたままでいなさい」

と静かな声で言った。

「いったい何なんですか？ せっかく防御してたのに」

「その防御が余計な気がする。私の感覚を鈍らせていて、核心に触れるのを邪魔している――」

言いながら、綺はまた身体を大きく、ぶるるっ、と震わせた。

「ほら、さっそく――なにか感じてきた」

「だ、大丈夫ですかね？」

「あなたは無理だし、凪でも無理——でもきっと、私だと可能なはず。そう言ったのは乙坂くん、あなたよ」

「まあ、そりゃそうですが——でもどうして？」

「私は、今回のことがあるまで、深く考えたことがなかった——どうしてスプーキーEは、私のことをあんなに殴って、言うことを聞かせようとしていたのか——」

綺はぼそぼそと、投げやりな調子で言う。

「ずっとそれは、私が駄目な奴だから、って思っていた。殴られても仕方のない人間なんだ、って——でも、今はもう、そうは思わない……」

綺は震える身体を自分の手で抱きしめて、無理矢理に押さえる。

「そう、私がそんなことを思っていたら、私のことを信じてくれる人たちに顔向けできない——私は、あの人たちが悲しそうな表情をするのを、絶対に見たくない……だから、もう自分が悪いなんて、そんな風には思わない……」

彼女は全身から脂汗を流しながら、時折よだれを垂らしながら、それでもその眼だけは力を失わない。

「そう……どうしてスプーキーEは、他の人たちのように、私のことを電撃で操ろうとしなかったのか……いくらでも自分の言うことを聞かせられたはずなのに、なんでそうしなかったのか……ずっとそれが、心のなかに引っかかっていた。いや……思い出すのも嫌だけど、いっそ操ってくれればいいのに、そうすれば楽になれるんじゃないか、って……そんなことさえ考えたこともあった……」

ぎりりっ、と彼女の奥歯が嚙み締められて、音を立てて軋んだ。

「……でも、違った……私は、自分勝手に考えすぎてた……スプーキーEの立場から物事を見てなかった……そう……私が駄目とか、そんなことは彼には何の関係もなかったはず……じゃあ、なんで電撃で操らなかったのか……それが間違いで、そもそもそこが〝逆〟……やらなかったんじゃない、できなかったんだ……」

綺がぶつぶつと呻いているのを、了哉は

「…………」

と、どこか関心のなさそうな眼でぼんやりと見ている。そして綺も、少年の反応などまったく気にせずに続ける。

「……そう、私は失敗作の出来損ないで、だからきっと〝鈍い〟……他の人たちよりも能力が及ばない分、逆に……色々なことが〝効かない〟んじゃないか……スプーキーEは、私のことを痺れさせたり、気絶させたりはできたけれども、精神を制御することは……繊細な電流操作で操ろうにも、私の鈍感さが邪魔をして、どうしてもできなかった……私には電撃への耐性があったんだわ……」

「…………」

「だからなんだ、って話だけど……別に操られなくても、私は結局、彼のいいなりになっていたんだし、そのことには何の意味もなかった……そう、今の今までは……しかし、今は……この私の電撃耐性が、これが役に立つはず……スプーキーEと同タイプの、ディジー・ミス・リジーを追うための武器になる……！」

がはあ、と綺は大きく息を吐いて、身体をのけぞらせた。そして、大きく足を前に出して、早足で歩き始めた。

「こっち……！」

彼女は宣言すると、どんどん突進していく。その後ろを、ぶらぶらとやる気のなさそうな足取りで、乙坂了哉がついていく。

そして……そのさらに背後から、黒帽子を被った筒のような影が、音もなく追跡していく。

2.

凪とポリモーグは、いったん敵の包囲から逃れることに成功していた。

「しっかし、まいったねえ——ディジーがここまで底なしだったとは——街全体を操るほどのパワーにゃ、私はとても対抗できねーわ」

ポリモーグが愚痴っぽく言った。

「――――」

凪は青い顔をして、ぜいぜいと息を切らしている。彼女らしくもなく、すっかり消耗していた。

「ねえ、どうする炎の魔女。あんたにはなんか、作戦とかないの？」

「………」

「ねえってば。あんた、この街に詳しいんでしょ？　ディジーの本体が潜んでいる隠れ家の見当とかつかないの？」

ポリモーグに問い詰められて、凪は、

「隠れているかどうかは不明だが……ひとつ、わかったことはある」

と言った。その表情は暗く、渋い。

「なに？　ヤツの弱点とか？」

「その目的だ。ヤツが何のために行動しているのか、その動機の真相は推察できた。おそらく間違っていない」

凪の言葉に、ポリモーグは眉をひそめて、

「動機？　いやいや、んなもんはどーでもいいっての。統和機構から自由を求めて脱走して、追っ手の私とその関係者を全部倒す、ってことは明白なんだから、今更――」

と文句を言いかけたのを、凪は遮って、

「ヤツは統和機構など、もはやどうでもいいとしか思っていない」

強い口調で断言した。

「は？　どういう意味？　じゃあなんで今、私たちは襲われてんの？」

「――――」

問われて、凪はしばしの間、無言だった。何も言わずに、ポリモーグのことを見つめている。

そして一拍置いてから、語り出す。

「以前に、オレはある敵と戦っていた。いや、戦っているつもりだったのはオレの方だけで、向こうからしたら、ただの虫けらがまとわりついてきている、程度の認識だったのかも知れない。それぐらいにレベルの違う相手だった」

「…………」

「最初は、オレにもなんにもわからなかった。だいたい、学校で最初に会ったときは、結構ウマが合う感じで、仲良くなったくらいだったからな……しかし、だんだんおかしいって思い始めた。あいつと話しているオレ以外の連中が皆、少しずつ変わっていくのが気味が悪かった……」

「…………」

「なんだか、皆が同じような表情になっていき、そして……オレが言うのもなんだが、みんな正義の味方みたいな態度になって、他の連中に色々と偉そうに注意したり、説教したりし始めたんだ。いや、生徒だけならまだ、単にカリスマ性のあるヤツだって話だったんだろうが……教師まであいつの言うことを聞くようになってきたあたりで、これはさすがに異様だと感じた。それで、あいつに直に問いただそうとして——そこで、オレは取り巻き連中に囲まれて、そいつらと揉めて、その辺りから、オレとあいつの対立は決定的になった——」

「…………」

「いや、別に悪いことをしている訳じゃない。むしろ世間的には、悪ぶっていた奴らが考えを改めて、真面目になったって言えるくらいだったが、オレにはそいつがなんだか、おっかなくて仕方がなかった。そのうち、あいつは学校にも来なくなって、探し回ったが見つけられなくて、やがて——あの奇妙な夜がやってきたんだ……」

「…………」

「統和機構にも、なんにも記録が残っていないだろう？　オレ以外の誰も憶えていないんだ、あのときのことを。結局、オレは一瞬だけあいつと接触できたが——そのときにも、手が届きそうで、でも何にもできなくて、そこで言われたことは、今でも頭にこびりついている——」

〝無意味よ、炎の魔女さん——あなたは私なんかと関わっても意味がない。あなたにとっては私の視ている『死』なんか、なんの意味もないんだから。あなたはそんなものにこだわる必要がない存在なのだから。あなたは焼き尽くすか、燃え尽きるだけ。どちらにしても、私とは遠い〟

「――未だに意味がわからねー。親父《おやじ》の本も相当に意味不明だが、それよりさらに訳がわかんねー……そうしてあいつは、学校の屋上から飛び降りて、自分で自分を殺しちまって――あいつのやろうとしたことの全容が不明なまま、この世から消えちまった」

「…………」

「後から色々と調べたが、なんにも出なかった。仲間が相当いたはずなんだが、その全員があいつに関する記憶をなくしちまってて、学校では変な空気になってた。そりゃそうだ。自殺した生徒が出て、それで他の連中は大騒ぎしてるのに、あいつと特に仲の良かった者たちはみんな〝そんなヤツいたっけ〟って言ってるんだから――だからあいつについては、なんだか皆が話すのをやめちまって、禁句みたいになって、今に至るって感じだ――」

「…………」

「だから……オレには知らないことがたくさんあって、あの奇妙な夜のときにも、統和機構の他のヤツとは多少接触があったりしたから、その可能性については自信がなかった――ディジー・ミス・リジーが、あいつの仲間だった可能性を」

「…………」

「統和機構は、ディジーが自分の意志で自由を求めて裏切ったと考えているのなら、それはたぶん間違いだ。ディジーはきっと……任務の途中かなんかで、あいつに出会っちまったんだ。それだけだ。おそらく自分では裏切ったという意識さえなかっただろう。ただただ、あいつについて行きたかっただけなんだ。直にやり合っていれば、オレも今の事態にもっと早く対応できたんだろうが——どういう訳か、オレの前には出てこなかった。不自然だが、きっとあいつの命令だったんだろう——その真意はもう、永遠に謎だが、あるいは現在のこの状況すら、あいつには予想されたことだったのかも知れない……くそっ」

「…………」

「だから——ディジーとオレたちは、実は同じ立場にいる。今、何が起こっているのかわからないのは、こっちも向こうも同じなんだ。ディジーがこんなにも大規模な行動に移っているのは、自分でもどこまでやればいいのか計算できないからだ。いや——そもそもう、そういった判断力そのものを喪失している可能性が高い」

「…………」

「どうして街中なのか、なぜ見境がないのか、それはかつての仲間を探しているからだ。自分でもそれが誰だったのか、想い出せないから、手当たり次第にやるしかないんだ。でも、いくらやっても全然出てこない——残念ながら、ディジーにはその力はない。消えてしまったものを再生させることはできない……しかし、このオレは、この霧間凪にならなら、あいつと戦っていた方ならば、あるいは、と――そう思っているんだろう？」

凪は、ここで話していた相手の眼を、まっすぐに見つめた。

「………………」

ポリモーグはずっと、身じろぎ一つせずに凪の語る内容を聞いている。一言一句聞き逃すまい、とでもいうような必死さがそこにはあった。

その彼女に、凪は静かな調子でさらに語りかける。

「なんで、ずっと潜んでいたディジー・ミス・リジーが、今になって姿を現したのか……今回の件では、その理由はひとつしかない。そもそもの始まり――他の誰でもない、同タイプの合成人間がこの街にやって来たからだ。おそらく、ディジーはずっと似たようなことをしていたはずだ。同タイプの、その認識に共鳴して密《ひそ》かに介入し、無意識に協力させていた……スプーキーEが、どうしてあんなにもイマジネーター騒ぎに介入したがったのか、少し引っかかっていたが、これが理由……ヤツもまた自分でも知らないうちに、ディジーによって制御されていて、その命令で動いていたんだ。皮肉なものだ。綺を暴力で脅して、他人を電磁波で自由に操っているつもりだったスプーキーEもまた、別の誰かに誘導されていたなんてな。ディジーの代わりにレインコートを準備して、在庫を用意していたのもおそらくはスプーキーEの仕業だろう……そして、ヤツが死んで、手足を失ったディジーの前に、またしてもそれが現れた。このこと街にやってきた――同じタイプの、電撃型合成人間が」

「…………」

「なあ、知りたいんだろう？　あいつの名前を、あいつが歌っていた音楽を。だが残念ながら、おまえは――」

凪がそこまで言いかけたところで、とうとうポリモーグは動いた。

押し込まれたバネが弾けるように、凪に向かって飛び掛かってきた。

だが、凪もすでに反応していた。

突き出されたポリモーグの掌撃を、ブーツから引き抜いた電磁ロッドで受け止めていた。

激しいスパークが、辺りに飛散する。

＊

（ううう……）

綺は激しい頭痛に耐えながら、ノイズが充満する街の中を進んでいく。

ディジー・ミス・リジーの攻撃を受けて無事で済むはずがない。綺もまた正気を失いかけている。

しかしそれ以上に、彼女が今感じているのは、

（……うるさい……）

ている のは——という鬱陶しさだった。もちろんノイズは不快だ。しかしそれ以上に、今、彼女の頭で響いているのは——

〝カミールっ、なんでおまえはそんなに馬鹿なんだっ〟

——というスプーキーEの罵倒だった。記憶の中であの男が怒鳴っている声が、やたらとフラッシュバックしてくるのだった。

〝だいたいおまえは、俺が助けてやらなかったら、そのまま処分されていたんだからな。その恩を理解してねえなっ、ああん？〟

——うるさい、と思う。それはもうただただ喧《やかま》しいと思うだけだ。虫が頭の周りをぶんぶん飛んでいるような感覚だった。羽音が耳の奥まで反響してくるようで、ひたすらに鬱陶しい。

〝くだらねえんだよ、おまえの意見なんて。おまえはひたすら俺の言う通りにしてればいいんだよ、くずがっ〟

しかし――その鬱陶しさこそが今、明確な指標なのだった。この不快さがどんどん大きくなっていく方角こそが、この現象の〝発信源〟――ディジー・ミス・リジーがいるはずの場所なのだから。

（でも、うるさい――うるさいうるさいうるさいうるさい――ああ、まったくもう、なんてうるさいんだろう――）

彼女のイライラは限界にまで高まっている。常人であれば、とっくに精神が崩壊して、呆然と立ち尽くす人形と化しているところだったが、綺はそこまでは至らない。ひたすら不快になっていくだけだ。

実際のところ、彼女に――合成人間カミールに自分が思っているような電撃系攻撃に対する耐性があるのかどうかは定かではない。

スプーキーEが彼女のことを操ろうとしなかった理由など、彼が死んでしまった今では永遠にわからない。

それでも彼女は、霧の街の中をずんずんと進んでいく。

その街並みは、数日前まではろくに歩くこともできなかった場所だ。嫌な記憶が染みついているので、大通りまで出ることができずに、バス停の周辺ばかりをうろうろしていた彼女が、今――まさにその忌まわしい過去が絡みついた道を、おぞましい声を反芻しながら歩いて行く。

〝馬鹿のくせに考えようとするんじゃねえ。おまえにまともな判断なんかできるはずがねえだろうがっ〟


その声を、彼女はうるさいとしか思わなくなっている。

かつての彼女にとって、その声は悪夢そのもので、そのことを後から思い返すことさえ苦痛だったから、なにも印象に残そうとせず、頭から消し去ろうとしていた。そうやって傷ついた心を守ろうとしていた。

だが今、彼女はそれすらしなくて良くなっている。

スプーキーEのことを考えても、思い出しても、その声を記憶から引きずり出されて無理矢理に聞かされても、それほど痛みを感じなくなっていた。

彼女はまだ、自覚していない。

自分にとって絶対の絶望だと思ってきたことが、どう足掻《あが》いても無駄なのだとずっと思ってきたことが、それほど重いものではなくなっている、という事実に。

何も変わりっこない、とぼんやり信じさせられてきたことが、いつのまにか決定的なものではなくなっている。


〝どうにもならねえんだよっ、おまえなんて。なんにもできやしねえよっ。余計なことするんじゃねえっつってるだろうがっ〟

その声はもはや彼女を抑圧しない。それを聞いても気持ちが萎えることはない。むしろ逆に、今となってはひたすらに――

（ああもう――なんて腹立つ声だろう。心の底から腹が立って腹が立って、ムカムカして――ふざけないで、って怒鳴りつけてやりたい――）

それしか思わなくなっている。怒りしか湧いてこない。かつては忍従と沈黙でしか対峙できなかったものに、敵意と憎悪を以《もっ》て向かい合っていた。

（ちくしょう――ふざけるな――ふざけるな――馬鹿はそっちだろう――そうとも、馬鹿野郎だ――）

思考するだけでなく、彼女はそれを口にも出し始めている。

「ばかやろう、ばかやろう、ばかやろう、ばかやろう、ばかやろう、ばかやろう――」

頭痛に苛まれながら、彼女はそれでも足を停めないし、顔を下げもしない。

「なんにもできなかったのは――そうとも、なんにもできなかったのは――おまえの方じゃないか、スプーキー・エレクトリック……私は――」

彼女はいつのまにか、ほとんど走っていた。彼女は別に体力に自信があるわけではないから、すぐに息切れして、よろけて転ぶが、それでもすぐに立ち上がって、ふらふら左右に揺れながらも走り続ける。

「私は――！」

彼女は頭痛と怒りによって、視界が極端に狭くなっていた。だから前しか見ておらず、周囲で何が起こっているのか、まったく気づいていない。

彼女の周囲から、さっきからずっとレインコートを着た者たちが襲いかかってきているのを。

そして――そいつらが彼女に触れる前に、見えない糸のようなもので引っ張られて、引き離されて、地面にたたき落とされているということを。

もうずっと――彼女が外に出てきてから、ノイズに紛れつつ口笛による〝ニュルンベルクのマイスタージンガー〟第一幕への前奏曲が奏でられ続けているのも耳に入っていないし、黒い帽子に黒いマントの筒のようなシルエットが彼女の周りをひらひらと舞うように動き続けているのも、目に入っていないのだった。

彼女は、自分の苦痛が増えていく方へと、脇目も振らずに疾走し続ける――。

3.

「そもそも、最初から妙だと思っていたんだよ――」

凪は、ポリモーグと死闘を繰り広げていた。合成人間が次々と繰り出してくる突きを、蹴りを、タックルを凪は右に左に避けて、上に下に捌《さば》き、前に後ろにいなす。直接攻撃を受けることは極力回避するが、ぎりぎりのところでは一撃を電磁ロッドで受け止める。

相手の接触による電撃を、高電圧で弾き返す。

パワーでは決定的に相手に劣る。だからその領域では勝負しない。凪が相手に勝るのはただひとつ、動きを読む洞察力だけだ。だからそれだけで彼女は戦闘用合成人間と対決する。

「あまりにも簡単に、乙坂了哉や綺を引き入れて、内実から何から何までべらべらと喋った、というのがまず不自然だった。おまえは性格的にはどうやら揉め事を避けたがるタイプらしいのに、計算しにくい一般人の行動に賭け過ぎだった。おまえは本来、そういうときには遠くから観察するだけで、なかなか自分からは手を出さないのが通常なんじゃないか？」

凪は戦いながら、相手に語りかけてもいた。しかし応答はない。ポリモーグはずっと、

「――――」

と無言で凪を攻撃し続けている。その表情には感情がなく、機械のように迫ってくるだけだ。狙っているのは明らかに首――凪がディジー・ミス・リジーの攻撃をガードしている対磁チョーカーである。

凪を殺すのが目的ではなく、支配下に置くことが目的なのだった。凪の方もそれを読んでいるから、両者は完全に拮抗《きっこう》していた。

凪はさらに言う。

「おまえはこの街に、あまりにも不用意に踏み込みすぎていた。ディジー・ミス・リジーが強敵だということはよく知っていたはずなのに、最初から街の奥まで侵入しすぎだった。それはもう、接近した段階でとっくに、その警戒心を解かれてしまっていたから——ディジー・ミス・リジーが街中に張り巡らせていた網に、すでに引っかかってしまっていたんだ。おまえはディジーを探しているつもりで、実はヤツの意志に従って動かされている人形になっていた。おまえが探していたのは、まったく別のもの——」

凪は電磁ロッドでポリモーグの連撃をがんがん、と受けながら、相手の眼を正面から見据えている。

「オレを組み伏せたいか？　オレの記憶を探れば、その中におまえの知りたいことがあると思うか？　そうだよな。考えてみればせっかく綺たちを利用した作戦を遂行していて、かつそれが上手くいきそうになっていたのに、オレが出てきたとたんに、二人への関心を失って、オレの方に協力しようとしたのも、ディジーはオレのことはぼんやりと憶えていたから、なんだろうな——だが、無駄だよ」

凪は、ただ喋っているのではない。彼女は今、ポリモーグの支配された精神そのものを攻めているのだった。

「無駄なんだ、オレをどうにかしても——オレの知っていることを、おまえは記憶できないいんだ。オレからいくら情報を引き出しても、おまえはそれを憶えていられない——そう、こんな凪に」

凪はすう、と息を軽く吸って、そしてハミングで歌い始めた。

〝ららら、らら、らららら――〟

それは彼女にとっては、かつて恐怖の対象だった歌だ。伊福部昭《いふくべあきら》のバレエ組曲〝サロメ〟の一節――それが聞こえるとき、周囲の人間が皆、彼女の敵に変わってしまった――だが、今は逆に、これが武器になる。

「――っ！」

それを聞いたとたん、ポリモーグの表情が一変した。機械的な無表情が剝《は》げ落《お》ちて、激しい動揺が露《あら》わになって、そして――一瞬、真顔になる。

「き、霧間凪――私は……」

何か言いかけて、しかしすぐにまた表情筋が激しく動き出す。

「う、ううう、うううう……！」

凪に摑みかかろうとしたが、その動きが急に停まり、自分の頭を抱えて、身体をがくがくと大きく震わせる。

「う、うおお、ううおおおおおお……っ！」

精神支配が不安定になっている——ディジー・ミス・リジーによって掛けられている洗脳が、その命じられた目的の前提が崩れかけている。

忘れそうになっている——。

「そうだ、ディジー——聞いた瞬間からもう、おまえは忘れていく。あいつにそういう風にされてしまったから——一生懸命思い出そうとしても無駄だったし、そしてせっかく情報を摑んでも、それを意識にとどめておくことができないんだ——あいつの呪いに掛かっているおまえは、この循環から決して逃れられない」

凪はさらに揺さぶろうと話しかけたが、それを相手は最後まで聞こうとしなかった。その余裕がなかった。

「——ぁああっ！」

言葉にならない絶叫を上げて、ポリモーグは凪に背を向けてしまった。そして——走り出す。なりふり構わないそれは、逃走ではなかった。

心の中から消えそうになっている〝歌〟を、それがなくなる前に〝報告〟しようとしているのだ。頭に刷り込まれた指令に従おうとすると、もうその選択肢しか残っていないのだった。

一刻も早く〝本体〟に——ディジー・ミス・リジーのところに〝歌〟を伝えようとしているのだった。

「——よし！」

凪は狙い通りの結果に、すぐさまポリモーグの追跡を開始した。

（今度は引き離されない――必死で食らいつく！）

全力で、凪は街の中を駆け出していった。

霧がどんどん薄くなっていく――ディジー・ミス・リジーの影響が、街から急速に薄れつつあるようだった。

＊

綺は、霧の中を死ぬ気で駆け抜けてきて――とうとうその場所に到着した。

彼女の頭の中の不快感が〝ここだ〟と告げていた。街中を静寂と停滞に追い込んだ〝元凶〟がいる場所に。

しかし――

（え――）

彼女は絶句し、思わず立ち停まって、周囲を見回してしまった。

（ほ、ほんとうにここなの……？　この近くに、ディジー・ミス・リジーがいるの？）

どこか人目につかないところに潜んでいるのだろうと思っていた。厳重に封鎖されて、誰も入れないようなところかも、とも思っていた。

だが……実際に彼女が到着したのは、その真逆――駅前の、バスターミナル前の広場だった。この街で、もっとも人通りが多く、待ち合わせにも多用されている、もっとも見つかりやすい場所。

当然のことながら、呆然と立ちすくんでいる一般人の群れはそのままで、すべてが静止している。

人混みの中に紛れているのか――綺は混乱しつつも、まったく無防備にしか見えない人々をきょろきょろと見回した。だが、その中には彼女の感覚に訴えかけてくる〝中心〟はない。

その感覚が示している先は――広場と駅舎の間にある、小さな建物の隅だった。

交番――いつも警官がいる場所の、その壁際だった。

そこには誰もいない。警官たちもまた呆然と宙を見上げていて、その近くにはいない。

あるのは、ブルーシートが掛けられた荷物らしき塊だけだった。

「…………」

それはいつから、そこにあったのだろう。ずっと前からあったような気がする。綺自身も何度も何度も、その前を通り過ぎていたような気がする。しかし、意識したことは一度もなかったし、そして――街の人間全員が、それがそこにあることを意識していなかったのだろう。すぐ近くにいた警官も含めて、それを不審がる者は誰もいなかったのだ。

「…………」

激しい頭痛が綺を襲っている。一歩、また一歩とその青い塊に近づくにつれて、確実に痛みが増していく。

そのすぐ前まで来て、綺はおそるおそる手を伸ばす。

ごくり、と唾を飲み込んで、思い切ってブルーシートを掴んだ……その瞬間、彼女の全身を、感電の衝撃が駆け巡った。

「がっ……！」

彼女は後ろに吹っ飛ばされた。しかし痺れながらも、彼女は確かに見た——ブルーシートの下にあったものの、その姿を。

（な——なんだ、あれ——）

それはもう、生物には見えなかった。膝を抱えて、地面に座り込んだ姿勢で固まってしまっていた。皮膚という皮膚は干涸《ひから》びてしまって、骨格がほとんど丸見えになっていた。

ミイラ——そうとしか見えないものがそこにはあった。

〝カミール……〟

綺の脳裏に、特徴のないあの声がまたしても響いていた。

〝この役立たずが――おまえなど、なんの意味もない――〟

綺の身体中に激痛が走っていた。関節という関節が軋んで、手足がびくびく痙攣していた。

しかし――

（頭痛が――ノイズが消えた……！）

もう、彼女をさいなむ特殊な波動は感じなかった。単純な身体の痛みは、むしろ彼女の精神をすっきりと洗い流してくれるかのようだった。

綺は身体をぎくしゃくさせながら、立ち上がろうとする。

「あ、あなたは――」

「あなたは――ディジー・ミス・リジー……しょせんはスプーキーEと同じ……いくら威張り散らしても、力を誇示しようと……自分だけではなんにもできない……」

綺の口から、つうっ、と血が流れ出した。毛細血管が破れていて、血の味がする。それは彼女が生きているという証であり、この目の前の存在には二度と感じられないものだった。

「私は……違う。あなたたちとは違う……私は、私には……！」

綺は立って、そして高らかに叫ぼうとした。ここに彼女が到達したこと、それ自体が勝利だった。きっと凪が、彼女の痕跡を見つけてくれる。そうすれば――彼女がそこまで思ったところで、目の前のミイラからさらなるスパークが彼女を襲った。その閃光《せんこう》はこれまでにない大きさで、喰らったら一瞬で黒焦げになるのは必至——と彼女はそれを受ける前に、緊張の糸が切れていた。がくん、と身体から力が抜けて、路上に倒れそうになる——そこにスパークが迫った。準光速で空気伝達される電撃をかわす手段はない。綺に水平に落ちてくる雷光が接触する。

その瞬間、光は移動した。

綺の身体につくと同時に、彼女から離れ、空中に生じた線を辿って、地面に流れ落ちていった。彼女の身体にはほとんど破壊を残さず、衝撃は大地の圧倒的広大さの中に吸い込まれて、そして散っていった。

アース線——そう呼ばれるものだった。

見えない糸のようなものがいつのまにか彼女に絡みついていて、それが電撃を無効化してしまっていたのだった。

綺の身体は、どさっ、と路上に落ちたが、そこにはそれ以上のダメージはなかった。

そして——聞こえてくる。

口笛による〝ニュルンベルクのマイスタージンガー〟第一幕への前奏曲が。

〝な——なんだと——〟

ディジー・ミス・リジーの声が、むなしく周囲に漂う。そして、動かない人混みの中から、ゆっくりとそれがミイラの前に歩み出てきた。

黒い帽子に黒いマント、白い顔に黒いルージュ。

人というよりは筒のような、奇怪で奇妙なシルエット――。

〝き――貴様は――〟

「ぼくが誰なのか、君はもう知っているはずだが」

〝う、うう――そ、そうだ――貴様は――〟

ディジー・ミス・リジーの声に動揺が浮いていた。そうだった――知っている。ディジーはそいつのことを知っている。そいつはおぞましくも忌まわしい悪夢であり、そして何よりも彼女たちの〝天敵〟――すべてを滅ぼすためだけに浮かび上がってくる脅威。そいつは――

〝ブギーポップ――そうだ、貴様だ――貴様が……！〟

激しいスパークが黒帽子めがけて放たれる。しかし、それらはすべて地面に流されていってしまって、相手に届くことは決してない。

「哀れだね、ディジー・ミス・リジー……君はいったい、何をしているつもりなんだい？」

〝うう……〟

「君が目的を達成したとして、その先に何があるんだい。失われたものを想い出して、それでどうなるというんだい。君はただ、かつての満足感を取り戻したいだけだ。感覚だけだ。あの頃は良かった、何でもできる気がしたという陶酔の印象にすがりついて、それ以上のことはなんにもないんだ。君はかつての自分さえも裏切っている。昔の君たちはあくまでも目的は、この閉鎖された状況からの脱出であり、世界の限界を突破することだったはずだ。だが今の君はそれをかなぐり捨ててしまっている……」

黒帽子は、自分の周囲で飛び散るスパークをまるで意に介さずに、接近してくる。倒れている織機綺の横を通り過ぎて、すぐ前にまでやってくる。

「君は自分が何をしたいのかすらわかっていない。過去に囚われて、大切にしていたものさえも踏みにじっている。まあ、支離滅裂だね。万能感に溺れているだけだ。借り物の、どんなものも怖くないと思わせてくれた想い出をオールマイティの偶像にして崇《あが》め奉《たてまつ》っている——感覚の残像さえ守れれば、きっと栄光が甦ると、自分で自分を騙《だま》しているんだよ」

〝ううう——〟

「ぼくには敵わない、と思っているだろう。なぜなら、君はぼくを倒してしまえば、それは仇《かたき》を討ってしまったことになって、君の方が立場が上になってしまうからだ。君は想い出から出たくない——だから、ぼくのことを殊更に考えないようにすらしていたはずだ。皮肉なものだね、君は記憶を取り戻したいと思っていたはずなのに、自分でも記憶を誤魔化していたんだ——それでは、肝心の過去さえも君から失われてしまうことになるのに、それに気がつけなかったのかい？」

〝う、うう——〟

黒帽子の淡々とした言葉に、なにひとつ反論はされない。一方的、かつ圧倒的だった。そして動かぬ干涸びた物体の前で、マントからその手がすうっ、と出てきて——そこで、

「ああ――らしくないね、ブギーポップ。あなたは〝そのひとが一番美しいときに、それ以上醜くなる前に殺す〟のでしょう？　それで言うなら、その人はもう、あなたの対象とは言えないんじゃないかな？」

背後から、その声が聞こえてきた。少年の声だったが、それは少年の言葉ではなかった。乙坂了哉が、こっちに近づいてきていた。だがその表情は穏やかに微笑んでいて、少年の面影はそこにはなかった。彼がずっと聞いていた〝声〟が、その心の隠し場所に仕舞われていたものが、ここであからさまに、表に出てきていた。

「――――」

答えないブギーポップに、少年は微笑みながら、

「うん、らしくない――何をムキになっているのかな。いつものように傍観者を気取って、世界の危機にだけ反応していればいいじゃない。どうしてこんな、可哀想な泣き声を強引に遮ろうとするのかしら？」

と言った。乙坂了哉の姿をしているが、それは乙坂了哉ではない。

そこにいるのは〝想い出〟――かつて闇の中で朽ち果てかけていた乙坂了哉を救っていた、彼の隠された心の支えだった。

4.

水乃星透子《みなほしすいこ》という名前の、忘れられた記憶だった。


了哉は、ずっと穴の底で暮らしているような気がしていた。

周りのみんなは上の方で生きているのに、自分だけが一段下のくぼんだところに落ち込んでいて、そこから出られないままでいるような感じで生きていた。どうせこの穴からは出られず、身動きがとれないまま、ずっとずっと過ごしていくのだろうか、とぼんやり思っていた。

あのときもそうだった。彼が学校帰りに、その交通事故に遭遇したとき――目の前で車と車が正面衝突して、冗談みたいに潰れながら回転して、彼の目の前で飛び出してきた人の手足が変な形に曲がっているのを見たときにも、まず思ったことは、

（……なんでこんな面倒事に巻き込まれなきゃならないんだ）

という、うんざりした気持ちだけだった。恐怖も焦燥もなかった。大変だとも思わなかった。

（どうしようか……）

了哉はちら、と破壊された車の方を見た。ガソリンが漏れ出して、路上に広がっているのが見えた。そして、エンジン部から切れたコードが垂れ下がっていて、割れたボンネットに接触して火花がばちばち散っているのも見えた。

ふいに、もし点火させたら、この辺り全部が吹っ飛ぶんだろうか、という考えが頭に浮かんだ。

それはひどく魅惑的な考えのように思えた。何がいいのか、理屈ではまるで説明がつかないが、それをしたら素敵じゃないか、という考えが頭から離れない。

（そうしたら、派手に弾け飛ぶんだろうか――なにもかもが、木っ端微塵《こっぱみじん》に……）

彼は、苦痛に呻いている事故被害者たちを放ったままで、ふらふらと火花が散っている方に吸い寄せられていった。

そのときに――声が聞こえた。

「そんなことしても、なんにもならないよ」

その少女の声は、一段高いところから聞こえたような気がした。実際には同じ道路の、同じ高さで発せられた声だったのに、彼には遙かな高みから降ってきたように感じたのだった。

彼がはっとなって顔を上げると、通りの向かい側にその少女が立っていて、こっちの方を見つめているのが確認できた。

少女は、ぷい、と背を向けてしまったので、彼は慌ててその後を追った。そのときは、後で大問題になることに気づかなかったし、実際に火花をガソリンに付けていたらどうなっていたか、そのことも発想の外にあった。

彼はすぐに少女に追いついて、声を掛けようとしたが、しかしなんと言っていいのかわから

ず、もごもご口ごもっていると、少女は、

「聞こえたのね——聞こえないかも、って思ったけど」

と言ってきた。彼はどぎまぎして、

「ど、どういう意味だい？」

「いや、あなたは人の声なんて聞こうとしない人かも、と思ったから。でも違ったね。意外だったけど、でも良かった」

そして彼女はにっこりと微笑んだ。その笑顔には彼がこれまで知っていた人間から常に感じていた断絶がなかった。どんな人を前にしても、常に隔たりを、壁を感じてきた彼が今、その少女を前にしても疎外感を感じない。

「俺が、何しようとしてたか、わかったのか？」

「わかったのは私じゃなくて、あなたよ」

「え？」

「ふふっ——」

彼女はまた笑って、そして歩き出した。了哉はその後をついて行く。

「俺が——なんだって？　俺に何がわかったっていうんだ？」

そう訊ねたが、彼女はこれにも答えずに、

「ねえ——そう簡単にはいかないわ。あなたがあなたであることは簡単には捨てられないし、その歪みもなくなったりはしない。あなたは死ぬまで、結局はあなたのまま──」

と不思議なことを言い出した。

「え……」

「だから、人は誰かの声を聞かなければならない。それがどんなに面倒くさくて、気が重くて、傷つくことだったとしても、それしか道はない。誰も正しい答えを知らなくても、それでも声を聞くところからしか、未来は始まらない」

「未来……？」

「あなたは今まで〝未来なんていらない〟って思ってきたから、誰の声も聞く気がなかった。でも今──あなたは私の声を聞いた。それは些細《ささい》なことだけど、でも、あなたは私の声を聞いたとき〝あるかもな〟って気づいたのよ」

「………………」

「あなた、名前は？」

「お、乙坂了哉──」

「私は水乃星透子。ごめんね、了哉くん。せっかく出会えたけれど、でもあなたもやっぱり、私のことを憶えてはいられないでしょうね」

「え──」

「あなたは他の人よりも、ずっと〝死〟に近い。それが死神を呼ぶことになってしまうかも知れないくらいに。私に近すぎる。だから忘れることは避けられない——でも」

彼女は、彼に向かってうなずいてみせた。

「あなたは私の声を聞こうとした——だからいつかまた、声が聞こえるときが来る。それがあなたの未来につながることを、私は遠くから祈っているわ——」

＊

「ねえ、ブギーポップ——これはあなたの仕事ではない。霧間凪に任せておけば良かったのに。あなたが刺激するから、この乙坂了哉くんも、無駄に私の声を聞くことになって、さらに混乱を招いた——でも」

少年の姿をした、過去の意志の残響はくすくすと笑った。

「でも、ちょっと嬉《うれ》しいかな。あなた、まだ私のことになると、ムキになって出てきてしまうんだね」

「…………」

黒帽子は、無言で少年を睨みつけている。その横を少年は、平然とした調子で通り過ぎる。

そして、干涸びたディジー・ミス・リジーの前に立った。

〝な……なんだおまえは……なんで……〟

かつては統和機構の合成人間だったものは、空間に呆然とした声を響かせる。

「乙坂了哉だよ。それは間違いない。でも同時に、彼の心の中に残っている何者かでもある」

〝ま、まさか──〟

「影響が残っている、という点ではあなたと同じだけど、でも──残念ながら、これは乙坂了哉の中の声なんだ。あなたの求めているものではない。あなたのためのものではないんだよ、ディジー・ミス・リジー」

〝お、おお──で、では、ではあなたは……ああ、そうだったのか……〟

声には、歓喜の震えが混じりだしていた。

〝私は……私だけではなかったのですね……私が消えたら、あなたも消えてしまうと思って……しかし、そうではなかったのですね……〟

「みんな忘れてしまったけれど、それでも、かすかに残っている……どこかでふと聞いただけの、誰とも知れない人の声が、言葉が、世界の端々に引っかかっている──私たちはそういうものなんだよ、ディジー。あなたも消えるし、この乙坂了哉の中の声も消える。それでも何かは残るかも──そういう祈りみたいなもの」

〝ああ──そうだったのか……忘れることを恐れて、私は……しかし、それもまた、あなたと一つになることだったのですね……〟

「もういいんだよ、ディジー……一緒に消えよう。私たちはもう、未来から離れて、自由になったんだから……悔いることはない」

その少年の言葉に、ディジー・ミス・リジーだった残骸は、少しだけ身体を震わせたように見えた。

〝そうですね……確かに、あなた本人ではないんですね……あなただったら、決して未来を見放すようなことは言わなかったでしょうから……それは、その少年の中にある、あなたを忘れてしまったという無念の、その顕《あらわ》れなのでしょう……でも、充分です。願いはもう、叶《かな》いました——もう一度だけでいいから、逢《あ》いたかった——それは、満たされた……〟

声が薄れていく。それに合わせるように、少年は歌い始める。

〝ららら、ららら、らららら……〟

その二つの声は混ざり合って、そして虚空に溶け込むようにして、消えていく——そして静寂が落ちる。そのときにはもう、街からノイズが消えていた。

風の音が吹き抜けていくだけだった。

5.

――がくん、とポリモーグの身体が崩れ落ちた。糸の切れた操り人形のように、走っている途中でいきなり力を喪失して、路面に倒れ伏した。

「ぬ――」

追跡していた凪は、動かなくなったポリモーグのところに駆け寄った。

死んではいないが、身体のあちこちがぴくぴくと引きつっている。

「ぐ、ぐぐ――」

呻き声を上げている。開きっぱなしの眼は、ぐりぐりと動き続けている。

「これは――支配が解けかけている……？」

場所はすでに、駅前広場に到達している。周囲の意識のない人間たちも、同じように引きつり始めていた。

「あのう――炎の魔女さん？」

呼びかけられた。顔を向けると、人混みの間から乙坂了哉が手を振っているのが見えた。

「こっちです、こっち――織機さんが倒れちゃってます」

凪は一瞬だけ迷ったが、すぐにポリモーグをそのままにして、了哉のところへ行った。

そこで凪は、気絶している綺と、壁際でぽつん、とミイラが孤独に放置されているのを発見した。

「――――」

凪は、すぐに事態を悟った。了哉に視線を向けて、

「おい、乙坂――」

「い、いや――織機さんがやるって言うから、後をついてきて……でも、なんか終わってるっぽくないですか？」

乙坂了哉は、凪の知っている主体性に欠ける少年のままで、そこに異常はなさそうだった。首には対磁チョーカーもある。ふつうの状態だ。凪は、綺が軽いショック状態になっているだけなのを確認して、ほう、と息を吐いてから、改めて、

「なあ、乙坂――おまえ、ここに来たときに、誰かと会わなかったか？」

「は？」

「黒い帽子を被って、マントを――いや、なんでもない」

凪は首を振って、そして綺の身体を優しく抱き上げた。

そこに、まだがくがく痙攣しつつも立ち上がって、よろよろと歩いてくる人影があった。

「ううう……き、霧間凪――」

ポリモーグだった。まだ視線が変な方に向いたり、顔面がびくびくしているが、それでも彼

女が正気に戻っているのは確かなようだった。

「いや——ずっと意識はあったか」身体が勝手に動くのを、なすすべなく見送っていただけか。

「ううう——あ、あんたは——これは……」

ポリモーグが愕然としつつ訊く。凪は首を傾けて、

「綺が片付けてくれた——オレたちはとんだ間抜けだったな。しかし、終わったんだろう」

「終わった——？」

ポリモーグは、ふらふらしつつ壁際のミイラの前まで来た。

「これが——ディジー・ミス・リジー……？」

「らしいな。どうやら肉体的には、とっくの昔に死んでいたようだ。能力だけが街に染みついていて、それが混乱を呼んでいた……大した執念だが、しかし——その未練が消えれば、そこで綺麗さっぱり、だ」

「…………」

「さっさと、そいつを回収してやった方がいい。街の連中も、そろそろ意識が戻るだろうからな。誰も、何も憶えていないだろうが——」

「わ、私は……どうすればいい……？」

ポリモーグが泣きそうな声で言うと、凪は投げやりに、

「さあな……素直に報告して、まんまと操られてしまいました、私は役立たずの無能でしたと正直に言うのもいいし、もっと話の通りがいいように、ディジーとスプーキーＥは内輪もめしていて、ディジーはずっと以前に殺されていました、スプーキーＥの自殺の原因は、その罪の意識に耐えられなかったからではないでしょうか、とか、もっともらしく説明するのもいいんじゃないのか」

「………」

「ま、その辺はおまえに任せるよ。どうせこの事件、後にはなんにも残らないだろうからな」

「残らない……」

「正確には、最初から何もなかったのと同じなんだろう。水乃星透子が死んだときに、一緒に終わっていたはずのものだ。それがたまたま、ふいに想い出された——しかし、想い出はまたすぐに振り返られなくなって、いずれは消える。それだけだ」

凪は、綺を抱えて歩き出した。乙坂了哉に目配せすると、彼もあわてて凪の後をついていく。

「………」

一人残されたポリモーグは、動かないミイラをじっと見下ろしていた。だが当然ながら、その死体は何も声を上げてはくれなかった。

＊

時間にして二十分弱――それがこの街を襲った異変のすべてだった。人々は、はっ、と我に返って、しかしそれがどれほどの空白だったのか、ほとんど意識されず、中には、手にしていたはずのソフトクリームがなぜか溶けてしまっていてびっくり、とか、どうして自分は変なレインコートを着ているんだ、と訝しむ者たちもいたが、それを殊更に騒ぎ立てると、なんだか変なヤツだと周囲に思われるのではないか、と警戒して、口をつぐむのが大半だった。

ちょっとした違和感――それらも一日が過ぎれば誰も思い返すこともなく、日々の生活の中に埋没していく。後になってから掘り返して検証する者がいるかどうか、それは誰にもわからない。

Memento
5
矛盾を想う

『忘却は、万能で無敵の死神のようなもので、
この虚無と人はずっと戦い続けてきたけれど、
勝ち目があるかどうかは誰も知らない』

――――失われた記憶の破片より

中学時代に乙坂了哉が交通事故を眼前で目撃しながら、救助活動も通報もせず放置して帰宅してしまった問題は、当然後で大騒ぎになったが、本人はずっと、ぼーっとしているだけで、そのことについて何も話さなかった。親や教師、クラスメートたちからはさんざん責め立てられたが、それに対して全くの無反応だった。そのうち皆が飽きてしまい、過失の罪にも問われなかったので、いつのまにか風化してしまった。

そして本人も、当時のことはほとんど忘れていることに後から気がついた。時折、人づてで話を聞いてきた者が嫌味混じりに糾弾してくることもあるが、本人も記憶がないので、はあ、とぼんやりとした反応しかできない。

なにかを忘れてしまったような気はするのだが、それがなんなのかすらわからない。

ただ、みんなに責め立てられながらも、自分がいっさい動じなかったという記憶だけがある。なんであんなに自信満々に、皆のことを無視できたのか——それだけはどうしても腑《ふ》に落ちない。今だったらきっと、ふつうにごめんなさいと形だけでも詫びて、なんとか取り繕おうとしたはずだ。

(どうして——?)

その疑問は澱《おり》のように了哉の心の中に沈着している。

最近も、霧間凪にあのときはどういうつもりだったのか、と訊かれたが、答えようがなく、へらへら対応しようとしたが、結局、

「――――」

と何も言えなかった。何を言っても嘘になるからな、と思って、しかし、

(……何が嘘なんだろう？　じゃあ本当は何だったんだろう。そもそものふたつの違いってなんだろ……)

と考えていると、凪が眉をひそめて、

「おい、なに笑ってる」

と言ってきた。はっと我に返って、

「え？　俺、笑ってましたか？」

「ああ――嫌な笑い方だった。なんにも悩むことなんてないんだ、って感じで、少しあれに似ていて――いや、なんでもねー」

霧間凪は不快そうに頭を振った。

1.

一週間が過ぎて、もう街に起こった混乱の痕跡など影も形もなくなった頃、綺は乙坂了哉とまた二人で会うことにした。

この前の喫茶店は定休日だったので、近くにあったカフェテリアを兼ねたハンバーガーショップに来た。平日の昼過ぎだったので、ちょうど客が彼女たち以外誰もいなかった。

「どうも、織機さん……あの、大丈夫でした？　寝込んでるって霧間凪から聞いてたんですけど」

了哉にそう問われて、綺は笑いながら、

「大したことはなかったの。少し熱が出ただけ。ちょっと無理しちゃったから」

と答えた。実際は丸一日ほど意識が戻らなかったらしいが、綺にはもちろん、その記憶はない。

「大活躍でしたよね。まあ、俺にはよくわかってないんですが。後ついて行ったら、走ってっちゃったから遅れちゃって、着いたらもう解決してたし」

「うーん、私も実はよく憶えてなくて。あのとき、頭痛もひどかったし」

「いやあ、でもさすがですよねえ。織機さんはやっぱり頼りになりますねえ」

「いや、そんなことは……」

綺は話しながら、相変わらずもぞもぞと落ち着かないものを感じる。この少年には、どこかバランスを欠いたところがある。綺にも過剰に何かを期待しているような雰囲気があるし、それを表に出すことで綺がどう思うか、というような配慮がまるでない。

（大丈夫かな、この子……）

それが心配だった。

「あのさ、乙坂くん――あなた、黙っていたことがあるよね」

「はい？　なんですか」

「一番最初に、さ――街でスプーキーEって名前を聞いた、って言ってたけど、あれって嘘でしょ」

綺としては思い切って訊いたつもりだったのだが、これに了哉は、

「あはは、バレてましたか」

とあっさり認めた。そして屈託なく、

「いやあ、実は自分でもなんであんなこと言ったのか、全然わかってなかったんですよね。なんかそんな風な声が聞こえた気がして――あれって今にして思うと、ディジー・ミス・リジーに誘導されてた、ってことだったんですかねえ。ただ、あのときはポリモーグがヤバい感じだったんで、なんか誤魔化さなきゃって気になって」

「声――」

「織機さんはどうだったんですか。なんか色々と悩んでたみたいでしたけど、その辺のこと、わかりましたか」

「わ、私は――」

綺は困って、しかし動揺を表に出したくなくて、とりあえず目の前にあるハンバーガーに手を出して、特に食べたくもなかったけれど、一口囓ってみた。

すると――

(――あれ?)

急に胸が一杯になって、熱いものがこみ上げてきた。鳥肌が立っているのに、体温が上がる感触があった。

「これ――」

「え? どうかしました?」

「この、ハンバーガー――知ってる……」

彼女の声は震えていた。了哉は訝しげに彼女のことを見つめたが、綺はもう了哉のことに気を払う余裕をなくしていた。

「こいつがどうかしたんですか。俺も食べてみよ――いや、別にどってことない、フツーのヤツですけど……あ、そういや」

了哉は綺の顔を覗き込んだが、彼女は齧りかけのハンバーガーの断面を見つめたまま、動かなくなっていた。

白ゴマつきバンズには赤いソースが滲《し》み出《だ》している。

「これって……ケチャップ入ってますね。もしかして織機さんが気になっていたのって、こいつ――」

「これ――正樹が最初に買ってきてくれた――そうだ、この味だった……」

綺は放心状態で、ハンバーガーをもう一口齧った。

そのとたん、彼女の眼からぽろっ、と涙がこぼれ落ちた。

「え？　ええ？　どうしたんですか急に？」

とまどう了哉を無視して、綺はさらにハンバーガーを食べる。涙は止まらないが、彼女はそれを拭おうともしない。

想い出していた――まだスプーキーEの支配下にあった頃、正樹と初めてのデートの時に口にしたのが、このハンバーガーだったのだ。

今まですっかり忘れていた――あのとき彼女はまだ、彼に対して、どんな感情を持っているのか、自分でもわかっていなかったし、そんなことを考えてもいけないと抑圧していた。楽しいかどうか、そういうことすら思ってはいけないと無意識に自分に言い聞かせていた。それはスプーキーEに脅されていたためだったが、しかしもう、その束縛はない――そのことの意味を、綺はここで初めて、実感として理解したのだった。

（私――私はもう、あのときは楽しかったって言っていいんだな……想い出を抱きしめてもいい……誰もそれを止めない……そうか、こういうことだったのか……）

綺はぼろぼろ泣きながら、脇目も振らずにハンバーガーを何度も何度も噛み締める。なかなか飲み込まずに、延々とその味を確認している。

了哉はその様子を、半ば唖然として見ていたが、やがてぽつりと、

「あー……そうなんだ、そんなに好きなんだ……」

と呟いた。それから、はあ、とため息をついて、

「いいなあ……そんな風に思えることがあって。じゃあもう、いっそのことハンバーガーを作る人になっちゃったらいいんじゃないの」

と呆れたように言うと、綺がはっ、となって顔を上げて、

「え？」

と真顔で了哉を見つめ返してきた。了哉は苦笑しつつ、

「きっと向いてるよ。こんなどこにでもあるような味の違いがわかって、そんなに大げさに反応できるんだからさ」

と投げやり気味に言った。綺はハンバーガーを頬張ったまま、絶句している。

「………………」

「あーあ、織機さんは見つけちゃったか。もう学校には戻ってこないよね。俺はどーすっかなあ――」

と言いかけたところで、唐突に背後から、

「ま、なるようになるんじゃゃない？」

という声がした。え、と了哉が振り向く前に、手がぬっ、と伸びてきて、彼の頭をわしづかみにしていた。

見えるか見えないか、ぐらいのかすかなスパークが、了哉の頭の上で生じた。

かくん――とその身体が倒れそうになるのを、摑んだ手がそのまま支えて、ゆっくりと背もたれの方に身体を預けさせる。

ポリモーグだった。彼女は絶句したままの綺に、

「や、どーも世話掛けたね。やっぱり綺ちゃんに呼び出してもらって正解だったね。彼、完全に気を許してたよ」

と笑いかけてきた。綺はまだ動揺から回復できずに、

「あ、ああ――」

と曖昧にうなずくだけだった。

そう――綺が了哉と会おうとしたのは、彼から事件の記憶を消す必要があったからだった。

ポリモーグに頼まれてのことだったが、今の綺はそれも半ば忘れかけていた。

「か、彼——大丈夫かな」

「ん？　へーきじゃない？　まあ私は、ひとつ何でも言うこと聞いてやるって約束してたから、それを反故《ほご》にするのはちょっと気が引けるけどね——ま、それも人生だよ、了哉くん」

彼女は悪戯《いたずら》っぽく言って、彼の頬をちょん、とつついた。

彼女は今、占い師のような格好をして、頭にはフードを被っている。この街での反省を活《い》かして、ということらしいが、綺にはその意味はよくわからない。

「あなたは——これからどうするの」

「いやあ、しばらくはこのままこの街にいるよ。スプーキーEの後釜ってわけ。霧間凪には大きな借りができたから、綺ちゃんのことも報告はしないよ」

軽い調子で、かなりの機密事項と、深刻な反逆行為のことを平然と話す。

「どうも——」

「まあ、せっかくだからしばらくここでのんびりするわ。なにしろ楽できるから。怪しい事件はぜんぶ炎の魔女に任せりゃいいんだからね」

彼女はけらけらと、無邪気に笑った。綺は何を言っていいかわからず、また食べかけのハンバーガーに目を落とした。

また胸に熱いものがじわじわと湧いてくる——もう、これを忘れちゃ駄目なんだ、二度と離さない——と綺は心の中で自分に言い聞かせていた。

2.

……了哉は、はっ、と目が覚めた。

ハンバーガーショップには別の客が入ってきていて、彼の方をちらちら見ては、くすくす笑っている。

（あ、あれ……？）

彼はなんで自分がこんなところにいるのか、一瞬わからなかったが——すぐに思い出す。

（そ、そうだ——俺はあの、織機って休学中の女と会うはずで、ここで待ち合わせしていて——今って何時だ？）

どうやら相手は来なくて、彼は待ちぼうけを食らって居眠りしていた、ということらしい。寝ぼけているせいか、記憶があやふやだった。

（ああもう、なんだよ——くそ、あの女め、期待させやがって——）

なんだか釈然としないものもあったが、了哉は顔を赤くして、ハンバーガーショップから逃げるように飛び出した。

すでに日が暮れかけていて、路面には長い影が落ちている。

人々がひっきりなしに行き交う雑踏を前に、了哉はなんだか疲労感を覚えて、植え込みのブロックに腰を下ろした。

「はあ——」

空を見上げて、大きく息を吐いた。

街の中は、様々な音があふれている。足音とおしゃべりの集積に、店のＢＧＭに、信号に、口笛に——

（……口笛？）

了哉は違和感を覚えて、その音の方を見た。するとすぐ隣に、変なヤツが腰掛けていて、彼と同じように夕暮れの空を見上げて口笛を吹いていた。

黒い帽子に、黒いマントを着込んで、白い顔に黒いルージュを引いている、真面目には見えないが、ふざけているようにも見えない、なんとも微妙な扮装をしたヤツがそこにいた。

「…………」

了哉が呆然としていると、黒帽子は口笛を吹くのをやめて、彼の方に視線を向けてきて、

「やあ」

と話しかけてきた。その光景に、了哉はますます違和感にとらわれる。

（あれ……なんか、変な感じがする……）

気になっていることがあって、でもどうしても想い出せないときの、あのもどかしい感覚があった。彼が困惑していると、黒帽子は、

「世にも嘆かわしい、って顔しているね。女の子に振られたのかい」

と言ってきた。了哉はますます顔をしかめて、

「なんだよ、あんたも外から見ていたクチかよ……別にそんなんじゃねえよ。そもそもろくに話もしてなかった相手だよ。振るも振られるもねーよ」

と言ったが、その口調は言葉に反して弱々しい。

「悲しいときはきちんと悲しまないと、後々で心にしこりが残るよ」

「知った風なことを言うね。じゃああんたはなんか悲しいことでもあったのかよ」

ついムキになって言い返してしまう。しかしこれに黒帽子は、

「いや、ぼくは自動的なんでね。あんまり悲しさとか喜びなどとは縁がないんだ」

と、意味不明の返答をするだけだった。慰めてやろうという押しつけがましく偉ぶった感じではなかった。

「いいねえ、自動的って。俺も自動的に人生を過ごしていきたいね」

「ほう、そうかい」

「そうだよ。もう色々とめんどくせーことばっかだよ。目上を敬えだの、きちんと目を見て話せだの、うるせーってんだよ。俺が黙ってることで、誰かに迷惑掛けてるのかよ、って話だよ
……ああ、嫌だ嫌だ」

「相当に不満が溜《た》まっているみたいだね」

「いや、まー……そうでもねーけど……あんたもそんな変な格好しているのは、一種のストレス発散なのかい」

「どうだろうね。まあ、あまり真っ当ではないんだろうね」

「俺もやってみようかな。少しは気が晴れるかも」

「でも、周囲から変な目で見られるのは、君は嫌いなんじゃないかな」

「あー、そっか……そうだな。それも嫌だな。あー、もうなんもいいことがないのかも知れないな。生きてても、これから楽しいことなんて何にもないのかもなー」

ついそんなことを言ってしまう。すると黒帽子はここで、

「じゃあ、殺してあげようか」

と真顔で言った。

「え？」

「君が死にたいというのなら、人生を終わらせたいと願うのなら、ぼくがそれを叶えてあげようか」

それは淡々とした口調で、おどけた気配は微塵も感じられなかった。

「…………」

了哉は思わず黒帽子をまじまじと見つめた。向こうも視線をそらさず、まっすぐに見つめ返してくる。

「…………」

しばし沈黙が落ちた。

街の雑踏の、夥《おびただ》しい雑音の中で、そこだけがエアポケットに落ち込んだかのように、時間が停まっていた。

やがて……了哉は口を開いた。

「それって、少し矛盾してないか」

「…………」

「だってそうだろ、あんたは自動的なんだろ、だったら俺に頼まれたからって、殺したり殺されたりしないいんじゃないのか。それじゃ意識的で、自動的とは言えないだろう」

彼がそう言うと、黒帽子はすこし眉を片方だけ上げて、左右非対称の表情になって、

「なるほどね、一分の隙もない論理だね」

と言った。了哉は笑って、

「そうだろ、あんたも自動的なんていっても、そうそう簡単に割り切れるもんじゃないのさ」

と言うと、黒帽子は肩をすくめて、

「君と同じかな。平気な顔をしていても、やっぱり悲しくて、つらいんじゃないのか」

「む……」

「そうそう簡単には割り切れないいんだろう？」

「はいはい、そうかもな。あーあ、彼女ともっと仲良くなりたかったなあ――」

了哉が思わずそう漏らすと、黒帽子は、

「意外だね、君がそんな風に素直に認めるとは思わなかった。君はもっと、人の声を聞かない人間かと思っていたんだが」

と言った。

「え？」

了哉はなぜか、それを聞いてぎょっとした。

〝聞こえたのね――聞こえないかも、と思ったけど〟

ふいに頭の中で、そんな言葉が浮かんだ。それが誰から聞いたものだったか、まったく想い出せないが――しかし、確かにそれを前にも聞いたことがあると思った。

「なあ、あんたは――」

と了哉は黒帽子に訊ねようとしたが、しかしそのときには、もうその奇妙なシルエットはどこにも見当たらなかった。

煙のように消えていた。

「…………」

了哉は呆然としつつ、また夕暮れ空を振り仰いだ。
なにか歌のようなものが頭に浮かんでいたが、その旋律を口ずさもうとしても、もやもやと形になってはくれなかった。

〝Dizzy Misses Lizzy〟closed.

あとがき――私をおぼえていないあなた

私は臆病なので、日々色々なことにビクビクしながら生きているのだが、その中でかなり困るのが「あれ、なんか忘れてるような気がする……」という不安である。これの参るところは、いったい何を忘れているのか当然わからないので、不安を消すための具体的な行動の取りようがないことである。そしてまあ大丈夫だろ、とタカをくくろうとしても、この不安があることはなかなか心から消せずに、いつまでも忘れられないのだった。そして「あっ、そうだ」と思い出したときには、既にそんなことはどうでも良くなっていることが多い。だったら悩んだだけ損している訳で、なんの意味もない。誰かに意地悪されているような気分であるが、その誰かというのは他ならぬ自分なのであった。

記憶というのは不思議なもので、どうでもいいことは簡単に思い出せるのに、これは大事だぞ、重要だぞ、と気をつけていたはずのことに限って、後になって「あれ、なんだったっけ」と曖昧になってしまっている気がする。しかしこういうことがすべて駄目かというと、そうとも言い切れない気がしているのであった。頭に色々なことがすぐにぱっ、と思い出されて、常に記憶が鮮明に整理されているというのは、果たしていいことばかりなのかどうか、という気もしているのだった。どういうことかというと、私は当然、いつも仕事が煮詰まっていて、いいアイディアがなかなか出てこずに苦しんでいるのだが、そのときにぱっ、と思いつく打開策というのは、実は過去の作品のどこかで書かれたものの、さらに変形した形であることが多い。いや、正確にはそれがどんな作品なのか、誰の発案なのか、そういうことは正直、全然思い出せないのだが、しかしそのアイディアが浮かんだときの感覚は「ああ、そうだったそうだった、これがあった」という、何かを思い出したときのそれとまったく同じなのだった。天から降ってきたわけでもなく、ミューズが囁いてくれたわけでもない。ただ、とっくに知っていたことを思い出しただけだ。過去のあれこれが頭の中にぐちゃぐちゃに突っ込まれていたおかげで、それらが組み合わさって形になってくれたのである。これが整然と整理されていたデータだったら、その表をいくら睨《ね》めつけていても何も見出すことはできなかっただろう。

曖昧な記憶が、それ故に自由な発想につながるというのは、しかし諸刃の剣でもある。曖昧さはときに、他人に対する鈍感さとなって、思いも寄らぬところで誰かを傷つける。人の大切な想い出をうろ覚えの適当さで扱って「なんで忘れているのか」と激怒されるという経験はないだろうか。なんで相手がそんなに怒っているのかわからずにきょとんとしているあなたは、とんでもなく残酷なことをしているのだが、そのことを真の意味では知ることはできないだろう。あなたの記憶の中ではそれは間違いではないのだから。そして当然、あなたが誰かに傷つけられたときの怒りも、相手には決して理解してもらえないだろう。世界はそういうそれぞれ違う記憶の寄せ集めでできていて、そのズレは破壊にも創造にもつながっている。己だけの想い出を後生大事に抱え込んでいるだけではどこにも行けないが、しかし想い出がない状態で挑むには世界はあまりにも曖昧でありすぎる。それは記憶で固定しないと、あっというまに拡散してしまい、人が生きた証などこの世のどこにも残らないで消えてしまうだろう。正確さを極力保ちつつ、それから自由になれる道も探し続ける。そんな無茶なと思いつつも、きっと生きるというのはその繰り返しでしかないのだろう。まあこんなことを言いながらも、すでに私はこの文章を書きながら「うーん、なんか肝心のことが抜けてるような気がする……」とか思っているので、かなり袋小路に填まっているのでした。困りものですが、終わりです。以上。

（そもそも、一番大切なことを最初から知らないんじゃないのか）
（それが怖いんですけど、まあいいじゃん）

BGM "Devil In Her Heart" by The Beatles

◉上遠野浩平著作リスト

「ブギーポップは笑わない」（電撃文庫）
「ブギーポップ・リターンズ　VSイマジネーターPart1」（同）
「ブギーポップ・リターンズ　VSイマジネーターPart2」
「ブギーポップ・イン・ザ・ミラー「パンドラ」」（同）
「ブギーポップ・オーバードライブ　歪曲王」（同）
「夜明けのブギーポップ」（同）
「ブギーポップ・ミッシング　ペパーミントの魔術師」（同）
「ブギーポップ・カウントダウン　エンブリオ浸蝕」（同）

「ブギーポップ・ウィキッド　エンブリオ炎生」（同）
「ブギーポップ・パラドックス　ハートレス・レッド」（同）
「ブギーポップ・アンバランス　ホーリィ&ゴースト」（同）
「ブギーポップ・スタッカート　ジンクス・ショップへようこそ」（同）
「ブギーポップ・バウンディング　ロスト・メビウス」（同）
「ブギーポップ・イントレランス　オルフェの方舟」（同）
「ブギーポップ・クエスチョン　沈黙ピラミッド」（同）
「ブギーポップ・ダークリー　化け猫とめまいのスキャット」（同）
「ブギーポップ・アンノウン　壊れかけのムーンライト」（同）
「ブギーポップ・ウィズイン　さびまみれのバビロン」（同）
「ブギーポップ・チェンジリング　溶暗のデカダント・ブラック」（同）
「ブギーポップ・アンチテーゼ　オルタナティヴ・エゴの乱逆」（同）
「ブギーポップ・ダウトフル　不可抗力のラビット・ラン」（同）
「ブギーポップ・ビューティフル　パニックキュート帝王学」（同）
「ブギーポップ・オールマイティ　ディジーがリジーを想うとき」（同）
「ブギーポップは笑わない」（KADOKAWA）
「ブギーポップ・リターンズ　VSイマジネーターPart1」（同）
「ブギーポップ・リターンズ　VSイマジネーターPart2」（同）

「夜明けのブギーポップ」(同)
「ブギーポップ・オーバードライブ　歪曲王」(同)
「ビートのディシプリン　SIDE1」(同)
「ビートのディシプリン　SIDE2」(同)
「ビートのディシプリン　SIDE3」(同)
「ビートのディシプリン　SIDE4」(同)
「冥王と獣のダンス」(同)
「機械仕掛けの蛇奇使い」(同)
「ヴァルプルギスの後悔　Fire1.」(同)
「ヴァルプルギスの後悔　Fire2.」(同)
「ヴァルプルギスの後悔　Fire3.」(同)
「ヴァルプルギスの後悔　Fire4.」(同)
「螺旋のエンペロイダー　Spin1.」(同)
「螺旋のエンペロイダー　Spin2.」(同)
「螺旋のエンペロイダー　Spin3.」(同)
「螺旋のエンペロイダー　Spin4.」(同)
「ぼくらは虚空に夜を視る」(徳間デュアル文庫)
「わたしは虚夢を月に聴く」(同)

「あなたは虚人と星に舞う」（同）
「殺竜事件」（講談社ノベルス）
「紫骸城事件」（同）
「海賊島事件」（同）
「禁涙境事件」（同）
「残酷号事件」（同）
「無傷姫事件」（同）
「彼方に竜がいるならば」（同）
「酸素は鏡に映らない　No Oxygen, Not To Be Mirrored」（同）
「私と悪魔の100の問答　Questions & Answers of Me & Devil in 100」（同）
「戦車のような彼女たち　Like Toy Soldiers」（同）
「酸素は鏡に映らない」（講談社ミステリーランド）
「紫骸城事件　inside the apocalypse castle」（講談社タイガ）
「海賊島事件　the man in pirate's island」（同）
「しずるさんと偏屈な死者たち」（富士見ミステリー文庫）
「しずるさんと底無し密室たち」（同）
「しずるさんと無言の姫君たち」（同）
「騎士は恋情の血を流す」（富士見書房）

「ソウルドロップの幽体研究」（祥伝社ノン・ノベル）
「メモリアノイズの流転現象　ソウルドロップ奇音録」（同）
「メイズプリズンの迷宮回帰　ソウルドロップ虜囚録」（同）
「トポロシャドゥの喪失証明　ソウルドロップ彷徨録」（同）
「クリプトマスクの擬死工作　ソウルドロップ巡礼録」（同）
「アウトギャップの無限試算　ソウルドロップ幻戯録」（同）
「コギトピノキオの遠隔思考　ソウルドロップ狐影録」（同）
「パンゲアの零兆遊戯」（祥伝社）
「恥知らずのパープルヘイズ　―ジョジョの奇妙な冒険より―」（集英社）
「恥知らずのパープルヘイズ　―ジョジョの奇妙な冒険より―」（JUNP j BOOKS）
「ぼくらは虚空に夜を視る」（星海社文庫）
「わたしは虚夢を月に聴く」（同）
「あなたは虚人と星に舞う」（同）
「しずるさんと偏屈な死者たち」（同）
「しずるさんと底無し密室たち」（同）
「しずるさんと無言の姫君たち」（同）
「しずるさんと気弱な物怪たち」（同）
「騎士は恋情の血を流す　The Cavalier Bleeds For The Blood」（同）

本書に対するご意見、ご感想をお寄せください。

ファンレターあて先
〒102-8177　東京都千代田区富士見2-13-3
電撃文庫編集部
「上遠野浩平先生」係
「緒方剛志先生」係

初出

「電撃文庫MAGAZINE」(2019年3月号)
(※掲載時タイトル『織機綺の不慣れな人生相談』)
文庫収録にあたり、加筆、訂正しています。

電撃文庫

ブギーポップ・オールマイティ
ディジーがリジーを想《おも》うとき

上遠野浩平《かどのこうへい》

◆◇◇
2019年５月10日　初版発行
2024年11月15日　再版発行

発行者　山下直久
発行　株式会社KADOKAWA
〒102-8177　東京都千代田区富士見2-13-3
0570-002-301（ナビダイヤル）
装丁者　荻窪裕司（META＋MANIERA）
印刷　株式会社KADOKAWA
製本　株式会社KADOKAWA

●お問い合わせ
https://www.kadokawa.co.jp/（「お問い合わせ」へお進みください）
※内容によっては、お答えできない場合があります。
※サポートは日本国内のみとさせていただきます。
※ Japanese text only

※定価はカバーに表示してあります。

ISBN978-4-04-912323-4　C0193　Printed in Japan

電撃文庫　https://dengekibunko.jp/

電撃文庫創刊に際して

文庫は、我が国にとどまらず、世界の書籍の流れのなかで〝小さな巨人〟としての地位を築いてきた。古今東西の名著を、廉価で手に入りやすい形で提供してきたからこそ、人は文庫を自分の師として、また青春の想い出として、語りついできたのである。

その源を、文化的にはドイツのレクラム文庫に求めるにせよ、規模の上でイギリスのペンギンブックスに求めるにせよ、いま文庫は知識人の層の多様化に従って、ますますその意義を大きくしていると言ってよい。

文庫出版の意味するものは、激動の現代のみならず将来にわたって、大きくなることはあっても、小さくなることはないだろう。

「電撃文庫」は、そのように多様化した対象に応え、歴史に耐えうる作品を収録するのはもちろん、新しい世紀を迎えるにあたって、既成の枠をこえる新鮮で強烈なアイ・オープナーたりたい。

その特異さ故に、この存在は、かつて文庫がはじめて出版世界に登場したときと、同じ戸惑いを読書人に与えるかもしれない。

しかし、〈Changing Times,Changing Publishing〉時代は変わって、出版も変わる。時を重ねるなかで、精神の糧として、心の一隅を占めるものとして、次なる文化の担い手の若者たちに確かな評価を得られると信じて、ここに「電撃文庫」を出版する。

1993年6月10日
角川歴彦

第23回電撃小説大賞《大賞》受賞作!!
最終選考委員・編集部一同を唸らせた
エンターテイメントノベルの
真・決定版!
86
[EIGHTY SIX]
―エイティシックス―
The dead aren't in the field.
But they died there.
[著]
安里アサト
[イラスト]
しらび
[メカニックデザイン] I-IV
The number is the land which isn't
admitted in the country.
And they're also boys and girls
from the land.
ASATO ASATO PRESENTS
Illustration/Shirabi MechanicalDesign/I-IV
電撃文庫

ほうかご
がかり
ぼくらは命を懸けて、『奴ら』を記録する――。
When the midnight chime rings,
we are captured in a "Houkago".
In there, there is neither a correct answer nor a goal
or a stage clear.
Only our dead bodies are piled up.
【ほうかごがかり】
甲田学人
illustration potg
よる十二時のチャイムが鳴ると、
ぼくらは『ほうかご』に囚われる。
そこには正解もゴールもクリアもなくて。
ただ、ぼくたちの死体が積み上げられている。
鬼才・甲田学人が放つ、恐怖と絶望が支配する
“真夜中のメルヘン”。
電撃文庫

私が望んでいることはただ一つ、『楽しさ』だ。
魔女に首輪は付けられない
Can't be put collars on witches.
著 —— 夢見夕利 Illus. —— 緜
第30回
電撃小説大賞
大賞
応募総数 4,467 作品の
頂点！
魅力的な〈相棒《魔女》〉に
翻弄されるファンタジーアクション！
〈魔術〉が悪用されるようになった皇国で、
それに立ち向かうべく組織された〈魔術犯罪捜査局〉。
捜査官ローグは上司の命により、厄災を生み出す〈魔女〉の
ミゼリアとともに魔術の捜査をすることになり——？
電撃文庫

第28回電撃小説大賞
銀賞
受賞作
愛が、二人を引き裂いた。
BRUNHILD
竜殺しのブリュンヒルド
THE DRAGONSLAYER
東崎惟子
[絵] あおあそ
最新情報は作品特設サイトをCHECK!
https://dengekibunko.jp/special/ryugoroshi_brunhild/
電撃文庫